柿本人麻呂

Kakinomoto no Hitomaro

高松寿夫

コレクション日本歌人選001
Collected Works of Japanese Poets

笠間書院

『柿本人麻呂』——目次

凡例

一、本書には、七世紀末の歌人柿本人麻呂の歌四十一首を載せた。

一、本書は、人麻呂作歌（01〜27）の他に、万葉集所収の人麻呂歌集歌（28〜39）や平安時代の伝人麻呂歌（40・41）も収録し、作品の性格理解に重点をおいた。

一、本書は、次の項目からなる。「作品本文」「出典」「口語訳」「鑑賞」「脚注」「略歴」「略年譜」「筆者解説」「読書案内」「付録エッセイ」。

一、テキスト本文は、主として『補訂版　萬葉集　本文篇』（塙書房）に拠り、適宜漢字をあてて読みやすくした。歌番号は旧国歌大観番号である。

一、鑑賞は、基本的には一首につき見開き二ページを当てたが、長歌には特に四ページ以上を当てたものがある。

一、長歌については、行を分けて見やすく表示し、口語訳もそれに準じて掲げた。

柿本人麻呂

01

玉だすき　畝傍《うねび》の山の
橿原《かしはら》の　聖《ひじり》の御世ゆ
生《あ》れましし　神のことごと
樛《つが》の木の　いや継ぎ継ぎに
天《あめ》の下　知らしめししを
空に満つ　大和を置きて
あをによし　奈良山を越え
いかさまに　思ほしめせか
天《あま》ざかる　鄙《ひな》にはあれど
岩走る　近江の国の
楽浪《ささなみ》の　大津の宮に
天の下　知らしめしけむ
すめろきの　神の命《みこと》の

畝傍山のふもと
橿原での聖代の神武天皇以来、
この世に姿をお見せになった神としての天皇様が
ことごとく次々と
天下をお治めになった
その大和の地を後にして、
奈良山を越えて、
いったいどのように思《おぼ》し召されて、
辺境の地であるにもかかわらず、
この近江の国の
楽浪の大津の宮で
天下をお治めになったのであろうか。
その皇統を受け継ぐ神たる天皇様の

大宮は　ここと聞けども
大殿は　ここと言へども
春草の　茂く生ひたる
霞立つ　春日の霧《き》れる
ももしきの　大宮所　見れば悲しも

宮殿はここであると聞くけれども、
御殿はここにあったと人は言うけれど、
いまは春の草が生い茂るばかりで、
霧がかかって春の日射しもぼんやりとしている
この大宮の旧地を見ると、悲しくせつないことよ。

【出典】万葉集・巻一・二九―［近江荒都歌］

『万葉集』をはじめから読み進めていったときに、最初に目にする人麻呂の作品である。

人麻呂が活躍しはじめる西暦六八〇年ごろよりも少し以前の六七二年、天《てん》*智《じ》天皇の死の直後に、次代の覇権《はけん》を争って、大友《おおとも》皇子方と大海人《おおあま》皇子方とが対戦した。二人は、それぞれ天智の子と弟にあたる。大友皇子は天智天皇の体制を継承する側で、対して大海人皇子は、急進的であった天智政権に不満を募《つの》らせた勢力を味方に付けて、対立した。世に言う「壬申《じんしん》の乱」であるが、戦闘は大海人皇子が勝利し、明日香の宮で天皇に即位した。天武《てんむ》天皇で

【題詞】近江の荒れたる都に過《よ》ぎる時、柿本朝臣《あそみ》人麻呂の作れる歌。
【枕詞】○玉だすき→畝傍。○樛の木の→継ぎ継ぎに。○空に満つ→大和。○あをによし→奈良。○天ざかる→鄙。○岩走る→近江。○ももしきの→大宮所。
【語釈】○畝傍―現奈良県橿原市畝傍町の辺り。畝傍山は大和三山の一つ。○橿原

ある。その結果、天智が都と定めた近江大津の宮はかえりみられなくなり、荒廃の一途をたどった。あるとき、その荒廃しきったかつての大津宮の地に立ち寄っての感懐《かんかい》を詠じたのが、この作品である。大津宮は、日本の歴史上、はじめて戦乱によって荒廃に帰した宮都であった。人麻呂が活躍した持《じ》統《とう》朝の時代は、戦乱からしばらく経過した後なので、旧大津宮の荒廃は一層進み、見る者になお強烈な衝撃を与えていたことであろう。

　前半では、大和国は、初代天皇の神武以来の宮が置かれた地であるにもかかわらず、そこを離れて辺境の地である近江国の大津宮で天智は天下を治めたことをいう。実は、大和国以外に天皇の宮が置かれたことはそれまでにもあった（例えば天智の二代前の孝徳《こうとく》天皇の時代には、現在の大阪湾沿岸の難波に宮都が営まれた）のだが、異例の近江遷都を強調して、そういうのであろう。「いかさまに思ほしめせか」は、天皇の叡慮《えいりょ》が凡夫には及びがたいことをいうとする説もあるが、異例の遷都をいぶかるような言辞であることは否定できない。そんな異例な遷都を断行したばかりに、後半に述べられるような、こんにちの悲劇に及んだのだ、というのがこの作品の論理である。

　長歌の後半で、旧都の地にかつての繁栄が見る影もなくなってしまったこ

の聖―橿原宮を開いた神武天皇を指す。○奈良山―奈良と京都府の間にある山。平城山とも書く。○楽浪―近江国の地名。大津を含む琵琶湖南西岸一帯の地。○大津―現在の琵琶湖畔大津市の辺り。

＊天智天皇―第三十八代の天皇。中大兄《なかのおおえ》皇子。中臣鎌足とともに蘇我氏を滅ぼし、大化の改新を断行。六六七年、近江国の大津宮に遷都した（六二六―六七一）。

とと、無秩序に繁茂する春草の光景とが対比的に描かれているが、この部分に、有名な杜甫《とほ》の「春望」の一節「国破レテ山河アリ、城春ニシテ草木深シ」を想起する読者も多いだろう。杜甫*は、日本では奈良時代になってからの生まれなので、双方に直接の影響関係は考えられない。しかし中国では、繰り返される戦乱による王朝の交替の中で、荒廃した前王朝の宮都の跡を前に、前王の失政を批判しつつ悲嘆する詩が多く詠まれた。それらの元祖的な作品に位置するのが、『史記』などに掲載される、「麦秀《ばくしゅう》の歌」である。

麦秀*　漸漸タリ　禾黍《かしょ》　油油《ゆうゆう》タリ
彼ノ狡童　我ト好カラズ

殷王朝は、その最後の王・紂《ちゅう》の暴政のゆえに周の武王に滅ぼされるところとなったが、殷滅亡後、殷の王家の一人で周に見出されて仕官した箕子《きし》が、かつての都の跡に通りかかって詠んだとされるのが「麦秀の歌」である。『詩経』に掲載される同主題の詩「黍離《しょり》」とともに著名で、「麦秀・黍離の嘆*」ということばもある。杜甫の「春望」の詩も、その伝統の中に存在する。人麻呂は、大津宮の悲劇に対する衝撃を、中国の類似する抒情を参考にしながら作品化したのだろう。なお、反歌*が二首続くが、次項でみることにする。

*杜甫は……―杜甫の生まれは七一二年。

*麦の穂は生い育ち、粟の穂も生い茂る。あの悪賢い小僧が、私と折り合わなかったばっかりに。

*麦秀・黍離の嘆《たん》―国が滅んで宮殿の跡が麦や黍《きび》の畑になったことを悲しむ亡国の嘆き。麦秀は麦の穂のこと。黍離は黍の穂が垂れるさま。

*反歌―長歌に添えられる歌で、前の長歌の内容を別の角度から要約する。

02

楽浪《ささなみ》の滋賀《しが》の唐崎さきくあれど大宮人の船待ちかねつ

【出典】万葉集・巻一・三〇［近江荒都歌］

楽浪にある滋賀の唐崎は以前と変りがない光景を示しているが、大宮人が乗った船を待ってももう帰って来ず、すっかり待ちくたびれてしまっている。

【語釈】○さきく—幸（さき）く。幸いにもそのまま残っているというニュアンス。○待ちかねつ—待ち切れない。滋賀の唐崎が待ちきれないでいるという意で、唐崎を擬人化していったもの。

前項で取りあげた長歌に対する一つめの反歌。

大津宮の近郊の琵琶湖湖畔の地である唐崎は、かつて天智朝の頃には、大宮人たちが船遊びに興じた場であったのだろう。しかし大津宮が荒廃した現在、そこに大宮人の影はない。永続する天然自然の風土に対することで、人事のはかなさが一層きわだち、悲しみの感慨を深くする。この自然と人事の対比は、先の長歌の後半にも見えた。当該の反歌では、さらに唐崎を擬人化《ぎじんか》して、滋賀の唐崎が人待ち顔をしている、と詠じている。この唐崎の擬人化は、人麻呂より先行する次の作例が知られている。

　*やすみしし我が大君の大御船待ちか恋ふらむ滋賀の唐崎

天智天皇が崩じた際に舎人《とねりの》吉《き》年《ね》という人物が詠んだ挽歌《ばんか》である。天智天皇個人の死を悼《いた》む挽歌の発想を借りて、近江朝そのものへの愛惜《あいせき》の情を表明したのが、この人麻呂の歌である。

　二つめの反歌は次のとおり。

　*楽浪の滋賀の大和田よどむとも昔の人にまたも逢はめやも

大和田は入江になって水面が波立ちにくい、おだやかな沿岸部につけられる地名で、船着き場にふさわしい地である。一首は、流れる水がたとえ停滞しようが、一度過ぎ去った時間はふたたび取り戻しようがない、と言って嘆いている。流れる水は有為《うい》転変の世の喩《たと》えとしてしばしば用いられるが、大和田の淀んだ水を、流れることを止めて、時間の経過を阻止しようとしているものであるかのように感じ、しかし、そのようなことは、しょせんあり得ぬことなのだと、まるで教え諭《さと》すような口ぶりで詠嘆しているような一首である。

*やすみしし我が大君の……――万葉集・巻二・一五二。この国土を支配なさるわが大君のお乗りになった船を、この滋賀の唐崎は待ち焦がれているのだろうか。

*楽浪の滋賀の大和田……――巻一・三一。滋賀の大和田に水がどんなに静かに湛えていたとしても、昔の人とまた再び逢うことはないのだ。

03

やすみしし　我が大君
神ながら　神さびせすと
吉野川　たぎつ河内に
高殿《たかどの》を　高知りまして、
上り立ち　国見をせせば
たたなはる　青垣山《あをかきやま》
山神《やまつみ》の　奉る御調《みつき》と
春へには　花かざし持ち
秋立てば　黄葉《もみち》かざせり
行き沿ふ　川の神も
大御食《おほみけ》に　仕へまつると
上《かみ》つ瀬に　鵜川《うかは》を立ち
下《しも》つ瀬に　小網《さで》さし渡す

我らが大君は
神さながらに神々しくお振る舞いになるとて、
吉野川の激流さか巻くこの渓流の地に
立派な御殿を大々的にお営みになり、
その上に登り立って国見をなさると、
峰々が折り重なってまるで青垣のような山々の
その山の神が奉る貢物《みつぎもの》として、
春には花を捧げ持ち
秋には黄葉《もみじ》を捧げ持つのであった。
また、その山に沿って流れる川の神までもが
大君のお食事に奉仕するとて、
上流には鵜飼《うかい》の漁を行い
下流では小網を渡して漁をするのであった。

山川も　寄りて仕ふる
神の御代かも

山や川までもが寄り添って奉仕する。
今はまさに神の御代であることだ。

【出典】万葉集・巻一・三八―［吉野賛歌］

*持統天皇が吉野離宮に行幸した折の作。

持統は天武天皇の死後、実質的に天皇の地位にあり、『日本書紀』も、天武逝去《せいきょ》の翌年から持統朝が始まるように勘定している。しかし、正式な即位は*草壁皇子《くさかべのみこ》が早世した翌年、六九〇年のことであった。その正式な即位以前も含め、持統朝をとおして吉野行幸《ぎょうこう》は頻繁に行われ、都合三十回以上にも及んだ。

この長歌が、そのうちのいつに作られたかは定かではないが、神の中の神と、天皇を最大限に賛美する主題は、持統の正式な即位のころにこそふさわしい。

この長歌の中で天皇が行っている「国見《くにみ》」とは、古代儀礼のひとつで、天皇が特別な場所から周辺を眺望し、理想的な光景が見える、と宣言するも

【題詞】吉野宮に幸《いでま》しし時、柿本朝臣《あそみ》人麻呂の作れる歌。
【枕詞】○やすみしし→大君。
【語釈】○国見―天皇が自分が統治する国を高い所から眺望して誉め賛える行為。○御調―天皇に納める貢ぎ物のこと。○鵜川―鵜飼いをする川。

*持統天皇―天智天皇の第二皇女。天武天皇の皇后となり、その死後、第四十一代の天皇となった（六四五―七〇二）。

*草壁皇子―天武と持統の間

の。代表的な国見歌として、舒明天皇《*じょめい》による次の一首を挙げることができる。

大和には　むら山あれど　とりよろふ　天の香具山　登り立ち　国見をすれば　国原《くにはら》は　煙《けぶり》立ち立つ　海原《うなはら》は　鷗《かまめ》立ち立つ　うまし国ぞ　蜻蛉島《あきづしま》　大和の国は（巻一・二・舒明天皇）

（大和の国には多くの山々があるけれど、なかでもとりわけ神聖な天の香具山に登り立って国見をすると、大地からはさかんに煙が立ち上り、大海原にはさかんに鷗が飛び立っている。すばらしい国だ。蜻蛉島である大和の国は。）

奈良県の香具山の頂上から、海などけっして見えるはずがないのであるが、そのような現実の眺望に関係なく、理想的な光景が見えたとあえて宣言することで、ことばの力によってそれを現実化しようという、呪術的な発想に基づいている。当該の「吉野賛歌」でも、いかにも国見らしく、山川の神々が立ち現れ天皇に奉仕するという、超現実的な光景が描かれる。もっとも、舒明の国見歌が国原に対して海原をとらえ、海に囲まれた日本の国土全体への広がりを感じさせるのにくらべ、「吉野賛歌」の国見は、吉野の山と川に視

に生まれ、天武の後継者に指名されたが、位にはつかなかった。文武・元正天皇の父（六六二—六八九）。

＊舒明天皇—第三十四代の天皇。持統天皇にとっては祖父に当たる（五九三—六四一在位六二九—六四一）。

野を限定して描写する。そのような行幸先の山川を望む態度には、漢土の帝王が名山大川を遠望して祭る儀礼である「望祀《ぼうし》」を意識するものがあるとの指摘もある。

舒明の国見歌をはじめ従来の国見歌は、国見をする者の立場からうたわれており、一首の主題は、国見儀礼の成功を宣言することにあった。しかし、人麻呂の「吉野賛歌」は、全体の結構は伝統的な国見歌によりながら、国見という儀礼を眺める立場からうたわれている。そのため、作品の主眼も、成功裏に国見を成し遂げる天皇を描くことに置かれ、儀礼の当事者たる天皇の偉大さを賞賛することを主題化している。山川の神々がこぞって奉仕する天皇は、神の中の神として、最大限に賛美されている。

儀礼を眺める視点から作品を成り立たせることは、漢土の帝王の巡行（巡狩）の際に制作された、巡狩の銘や遊覧詩から学んだものかと思われるが、和歌の世界においては、人麻呂がはじめて試みた方法であった。

04

くしろつく手節《たふし》の崎に今日もかも大宮人の玉藻《たまも》刈るらむ

【出典】万葉集・巻一・四一 ［留京三首のうち］

――答志《とうし》の岬で今日あたり、大宮人は美しい海藻《かいそう》を刈り取っているこ とであろうか。――

持統五年（六九二）、天皇は伊勢・志摩《しま》両国（現在の三重県）へ行幸した。この時、人麻呂は行幸には従わず、都に留まってこの歌を詠んでいる。三首連作のうちの一首である。

答志は、志摩にある島の名。海岸にごく接近していて、船に乗ってすぐに上陸できる位置にある。普段は四周を山に囲まれた明日香《あすか》の地に生活する宮廷人にとって、海岸から安全な乗船だけで上陸できる答志島《とうしじま》は、海の行楽を

【語釈】○くしろ―釧。装身具の一つ。小玉などがついた腕輪。手首を意味する「手節」にかかる枕詞。「手節」は地名で、「答志」という表記が一般的。

満喫できる絶好のスポットだったのだろう。沿岸での海藻取りも、海岸でのレクリエーションにいかにもふさわしい。人麻呂はそのことを思いやって、海岸地方への旅をうらやましがっている。

同じ行幸の折、人麻呂と同じく明日香に留まっていた当麻《たぎまの》真《ま》人《ひと》麻呂《まろ》の妻は、「＊わが兄子《せこ》はいづく行くらむ沖つ藻の名張の山を今日か越ゆらむ」という一首を残している。人麻呂が明るく楽しい行幸をうらやみながら思いやるのとは対照的に、当麻麻呂の妻は、夫の山越えの困難を心配しながら思いやっている。実は、当麻麻呂の妻の詠には、似たようなことば遣い、発想のものが他にも多くみられる。教科書でおなじみの『伊勢物語』二三段の「風吹けば沖つ白波竜田山夜半《よは》にや君がひとり越ゆらん」などもその一つ。旅に出ることは、社会的に男の方が多かったので、その間、妻は旅先の夫の安全を祈るという役割を負った。そんな習慣の中で、旅中の男を思いやる女の歌の類型が登場する。持統女帝の時代にあって、男である人麻呂が、留守の立場で詠作することになり、留守の妻が旅先の困難を心配する伝統的な類型を、旅の行楽を羨望《せんぼう》するものに反転させておもしろがっているようなところが、この歌にはある。

＊わが兄子はいづく……――万葉集・巻一・四三。

05

やすみしし　我が大君
高照らす　日の皇子《みこ》
神ながら　神さびせすと
太敷《ふとし》かす　都を置きて
こもりくの　初瀬《はつせ》の山は
真木《まき》立つ　荒山道を
岩が根　さへき押し靡《な》べ
坂鳥《さかとり》の　朝越えまして
玉かぎる　夕さり来れば
み雪降る　安騎《あき》の大野に
旗すすき　篠《しの》を押し靡《な》べ
草枕　旅宿りせす
古昔《いにしへ》思ひて

我らが大君である
高照らす日の皇子は
神そのものであるとして神々しくお振る舞いになるとて、
立派にご経営なさる都を後にして
初瀬山は
真木が立ち並ぶ険しい山道であるが、
道中の大岩や行く手をはばむ木立を靡き伏せて
坂を飛び越える鳥のごとく
朝に越えてお出ましになり、夕べになると
雪が降る安騎の荒々しい野で
なびく芒《すすき》や篠竹を靡きたおして
草枕の旅の宿りをお過ごしになる。
古のことを思って。

【出典】万葉集・巻一・四五―［安騎野《あきの》遊猟歌］

【題詞】軽皇子《かるのみこ》、安騎野《あきの》に宿りたまひし時、柿本人麻呂の作れる歌。

【枕詞】○やすみしし→大君。○こもりくの→初瀬。○玉かぎる→夕。○草枕→旅。

＊軽皇子―後の文武天皇（六八三―七〇七）。

天武・持統天皇の孫で、草壁皇子の子である軽皇子《かるのみこ》が、このとき都があった明日香から半日行程の山間地である安騎野に出かけた折の作。作品の配列から持統七年（六九三）ごろの作と思われる。

作品からは、岩や樹木が行く手をはばむ険《けわ》しい山道の道中を、鳥のごとくいとも易々《やすやす》と乗り越えていく、りりしい皇子の姿を想像するが、このとき、軽皇子はまだ十一歳くらいであった。実体としての皇子以上に堂々とした姿を、表現の世界に描き出しているのは、草壁皇子の遺児として、そして天武・持統直系の「高照らす日の皇子」として、やがては皇位継承資格者たることを踏まえての賛美表現であったと思われる。草壁皇子は、天武生前から後継者に指名されていたが、天武の死後、即位することなく早世《そうせい》した。草壁の生母で、軽の祖母にあたる持統は、草壁が果たせなかった皇位の継承を、孫によって実現させることを切望したようである。軽皇子はこの四年後、実際に天皇に即位する。

この長歌を読んだだけでは、皇子がなぜ安騎の山中の荒野にやって来て、一夜宿ろうとしているのか不明だが、末尾で「古昔思ひて」と言うところから、何等かの過去の記憶と関係することが察せられる。この後、「短歌」と題された反歌に相当する歌が四首連続するのは、異例の形式。その一首めでも、

安騎の野に宿る旅人うち靡きいも寝らめやもいにしへ思ふに*

と、夜のしじまで回想にふける一行の姿がうたわれる。「いにしへ」を思うあまりに、まんじりと寝つくこともできないと言っている。回想の対象に一行はかなり激しい思い入れを抱いていることが察せられるが、思いをはせる「いにしへ」の内実は、「短歌」によって次第に明らかになる。

「短歌」の第二首めは、

ま草刈る荒野《あらの》にはあれど黄葉《もみちば》の過ぎにし君が形見とぞ来し*

というもので、ここでようやく、軽皇子一行が冬の安騎野にやってきた理由が述べられる。今は亡き「君」のゆかりの地であるから、わざわざやって来たというのである。「君」とは、軽皇子の亡き父、草壁皇子のことと考えられる。草壁皇子が薨《こう》じたとき、その死を悼んだ舎人らの挽歌の中に、次の一首がある。

*安騎の野に宿る旅人……―巻一・四六。安騎の野に宿る旅人は、横になって眠ることができるであろうか。その昔のことを思うと、とうてい眠れはしない。

*ま草刈る荒野に……―巻一・四七。草を刈る荒野であるけれど、黄葉の葉がはかなく散るように亡くなったあのお方の形見としてやって来たのだ。

*毛衣《けごろも》を春冬《とき》かたまけて幸《い》でましし宇陀《うだ》の大野は思ほえむかも

この歌によって、草壁皇子が生前に宇陀の野に出かけていたことが分かるが、この宇陀の一角にまさに安騎野があるのである。一九一の歌の「とき」の原文に「春冬」の字が当てられるのは、その頃が狩猟の季節であったことによると思われる。草壁皇子は、安騎野も含む宇陀の原野で、狩猟に勤《いそ》しんだようである。軽皇子は、かつて父の草壁皇子がそうしたように、冬の安騎の原野にやって来て、翌朝の狩猟に備えようとしているのであろうか。亡き皇子ゆかりの地にあって、軽皇子も随行《ずいこう》の人々も、草壁皇子のことを偲《しの》んでいるのである。

なお、「短歌」の三首め以降の展開は、次頁以降に項を改めて述べることにする。

*毛衣を春冬かたまけて…—巻二・一九一。狩猟の季節になるのをまちもうけてお出かけになった宇陀の大野のことが思い出されることだ。

06

東《ひむかし》の野には炎《かぎろひ》たつ見えてかへり見すれば月かたぶきぬ

【出典】万葉集・巻一・四八

東の方角の野に曙光が立ちそめるのが見えて、ふと振り返って見ると、月は西の空にすっかり傾いてしまっていた。

「短歌」の三首め。故草壁皇子ゆかりの土地で宿営をはった軽皇子一行は、過去を偲びつつ、まんじりともせずに一夜を過ごし、東の空に曙光《しょこう》を望んだ。その反対がわの西の山際《やまぎわ》には、月が今沈まんとしていた、というのであるが、その東西の景の対照を、「かへり見すれば」という、詠者自身の大仰《おおぎょう》な動作でつないでいるところが、この一首の独特なところである。

人麻呂は後に見る「石見《*いわみ》相聞歌」(15)でも、この「かへりみ」をしてい

【語釈】○野には炎たつ―「野に炎のたつ」と訓まれてきたが、「たつ」は終止形なので「の」は受けない。○炎―山際に輝く陽炎のような光のこと。

＊石見相聞歌―巻二・一三一の長歌。「…八十隈ごとに

るが、それは旅の途上《とじょう》で、後に残して来た妻を思っての動作であった。おそらく、望郷《ぼうきょう》や旅愁《りょしゅう》を主題にした漢詩に頻出《ひんしゅつ》する「顧」や「回首」といった表現に影響されたものだと思われる。この歌の「かへりみ」も、旅先での、草壁への思慕《しぼ》なお止まぬうちに、しらじらと夜が明けてきたのを受けて、思わずあとへ残してきた者への懐かしみを表す「かへりみ」をしてしまった、ということだったのではなかったか。そこに見えたのは、沈みゆく月であった。人麻呂は後に取りあげる「草壁皇子挽歌」(19)の反歌*で、皇子を日に並ぶ存在として月に喩えているが、安騎野で見た沈みゆく月にも、亡き皇子の姿が重ねあわせられたことであったろう。もちろん、月と入れ替わるようにやがて東の空に上る朝日は、将来を嘱望《しょくぼう》された軽皇子と重なっている。

続く「短歌」四首めは次のごとくである。

日並《ひなみし》*の皇子《みこ》の命《みこと》の馬なめて御狩《みかり》立たしし時は来向《きむ》かふ

「日並の皇子の命」とは、草壁皇子の死後に贈られた諡号《しごう》(おくりな)に基づく表現。軽皇子が朝狩へと出立するその時刻は、かつて草壁皇子が狩り場へと出て行ったその時として迎えられている。軽皇子は、草壁皇子の再来として人々の目には映《うつ》ったはずである。

よろづ度かへり見すれど…」とある。

*反歌―巻二・一六七。

*日並の皇子の命の…―巻一・四九。日並の皇子であるる草壁皇子が馬を連ねて狩にお出ましになった、あの朝の時刻がいよいよやって来ようとしている。

07

大君は神にしませば天雲《あまぐも》の雷《いかづち》の上に廬《いほり》せるかも

【出典】万葉集・巻三・二三五―［雷岳賛歌］

大君は神でいらっしゃるので、天上の雲の雷のそのまた上にお籠もりになっていらっしゃることだ。

【題詞】天皇《すめらみこと》、雷岳《いかづちのたけ》に御遊《いでま》しし時、柿本朝臣人麻呂が作れる歌。

【語釈】○廬せる―仮設の建物を造って籠っている。

雷岳《いかずちのおか》は、現在でも明日香村にその名が残る。行ってみると分かるが、いかめしいその名とはうらはらに、ごく小さな丘に過ぎない。以前は竹やぶに覆《おお》われていたが、今は刈り払われ、歩道も整備されて、登りやすくなっている。持統天皇は、明日香のほぼ中心に位置する小高い岡に登って、明日香の光景を眺めわたすことがあったようだが、たまたま丘の名がイカヅチであったことを受けて、人麻呂はこのような仰々《ぎょうぎょう》しい表現で、天皇の振る舞いを荘厳してみせたのである。
うたわれた事柄の実態はともかく、表現としては、天空をとどろかす雷神をもしのいで、その上に天皇が君臨《くんりん》している、と主張しているわけであり、天皇の威厳を最大限に強調している。初二句は、天武朝以後流行した表現であったようで、人麻呂以外にも次のような用例をみる。

大君*は神にしませば赤駒の腹ばふ田ゐを都となしつ （巻十九・四二六〇・大伴御行）

大君*は神にしませば水鳥のすだく水沼《みぬま》を都となしつ （巻十九・四二六一・作者未詳）

題詞によると、「壬申の乱平定以後」の詠とされる。この二首が、湿地の多い明日香に見事な宮都を造営した天皇の偉大さを表現しながら、あくまでも現実の事態の次元に収まっているのに対し、人麻呂の歌は、現実の出来事はごく日常的な事態に過ぎないことでありながら、表現としてはきわめて神話的で超常《ちょうじょう》的なイメージを達成している。これは前出の「吉野讃歌」（03）に通じる傾向であろう。

＊大君は神にしませば赤駒の……―赤駒が腹ばいになるような泥田の地を都になさった。

＊大君は神にしませば水鳥の……―水鳥が巣を作るような沼地を都になさった。

08

やすみしし　我が大君
高光る　我が日の皇子《みこ》の
馬並《な》めて　御狩《みかり》立たせる
若薦《わかこも》を　猟路《かりぢ》の小野に
猪鹿《しし》こそば　い這《は》ひ拝《をろが》め
鶉《うづら》こそ　い這ひもとほれ
猪鹿《しし》じもの　い這ひ拝み
鶉なす　い這ひもとほり
かしこみと　仕へまつりて
ひさかたの　天《あめ》見るごとく
まそ鏡　仰ぎて見れど
春草の　いやめづらしき
我が大君かも

我らがご主人様
空高く輝く我らが日の皇子が
お供の馬を従えて狩へとお臨みになる
狩《かり》へ行く路にある小野では
猪や鹿などの獣はひれ伏して皇子を礼拝し、
鶉までがひれ伏してまごまごしている。
我々もその獣のごとくひれ伏して皇子を礼拝し、
鶉のようにひれ伏して逡巡しつつ
畏れ多いことと思いつつお仕え申しあげ、
天を見上げるように
仰ぎ見つづけてもなお
いよいよすばらしく見飽きることのない
我らがご主人様であることだ。

【出典】万葉集・巻三・二三九―［猟路池遊猟歌］

長皇子《ながのみこ》は天武天皇の皇子の一人で、自身比較的多くの和歌、都合五首を残している。その皇子が狩猟に出かけた際、おそらく夜の宴席などで、昼間の狩の成果を踏まえつつ詠んだものであろう。取り押さえられてひれ伏す獣や、追われて逃げまどう鳥たちの様子を、まるで皇子の威力《いりょく》にひれ伏し、まごつくようだと捉《とら》え、それを皇子賛美の表現に結びつけている。

一見、きわめて荘重な皇子賛美の歌であるが、禽獣《きんじゅう》たちがとる動作、そしてそれにこと寄せて自分たちもそうして仕えようと宣言する動作は、礼式としては、「跪伏《きふく》礼」「匍匐《ほふく》礼」と呼ばれるもので、天武朝から文武朝にかけて、しばしば禁令が出された旧式の作法であった。この頃の宮廷では、中国式の立礼《りつれい》が推奨《すいしょう》されていたが、野蛮な旧礼をあえてやるというこの歌には、大仰な振る舞いをわざとやって見せて、笑いを誘おうとする、酒宴独特の雰《ふん》囲気《いき》が感じられはしないだろうか。もちろん、そのような笑いに溢《あふ》れながらも、作品の主題は、狩猟の主人公である皇子の賛美に据えられていることは言うまでもない。なお、冒頭の「高光る」は、天皇およびその後継者を賛美する場合の「高照らす」（05の歌で見た）とは異るという、明確な使い分け意識を人麻呂は持っていたらしい。

【題詞】長皇子、獦路《かりぢ》の池に遊《いでま》しし時、柿本朝臣人麻呂の作れる歌一首、併せて短歌。

【枕詞】○やすみしし↓大君。○若薦を↓かり（刈・狩）。○ひさかたの↓天。○まそ鏡↓見る。○春草の↓いやめづらし。

【語釈】○獦路—獦路《かりじ》に同じ。題詞にいう「獦路《かりぢ》の池」は未詳。

09

玉藻《たまも》刈る敏馬《みぬめ》を過ぎて夏草の野島が崎に船近づきぬ

【出典】万葉集・巻三・二五〇―〔羇旅歌八首のうち〕

―美しい海藻を刈り獲る敏馬の地を通過して、夏草が茂る野島の岬へと船は近づいた。―

瀬戸内海を航海する旅にあっての感慨を叙した八首一連のうちの一首。敏馬《みぬめ》、野島は、いずれも瀬戸内航海では著名な地名で、『万葉集』の羇旅《きりよ》歌（旅の歌）では多く詠まれている。この一首はつまり、敏馬を通過して野島に接近した、ということを言っているにすぎない。それが抒情詩として成りたつポイントは、それぞれの地名に冠せられた修辞表現である。

敏馬を「玉藻刈る」と修飾するのは、もちろん現地で実際に行われていた

【題詞】柿本朝臣人麻呂、羇旅の歌八首。

【語釈】○敏馬―現在の神戸市灘区岩屋町のあたり。○野島が崎―淡路島の北端の岬。

生業だからであるが、加えて、海藻刈りは、多く女性の仕事であったことも関係しているだろう。「みぬめ」の「め」は「女《め》」と同じ響きを有する。

*玉藻刈る海人乙女ども見に去かむ船梶《かぢ》もがも波高くとも

奈良時代に入ってからの詠であるが、都からの旅人が、海人の乙女に強い関心を持っていたことが、よくうかがえる一首である。海藻刈りにいそしむ乙女を想起させる「玉藻刈る敏馬」という地名の響きは、ひとり旅にある男に多少の安堵《あんど》感なり好奇心を起こさせるが、そこを通過してやがて近づいたのは、「夏草の野島」であった、という。夏の雑草があたりかまわず繁茂する光景が広がる地として野島を捉えることで、敏馬の安堵と好奇の風光明媚《めいび》さから一転、野島では旅の憂愁《ゆうしゅう》が深まっていくことを暗示《あんじ》するかのごとくである。

人麻呂は「夏草の」を別の歌*では、物思いに耽《ふけ》って塞《ふさ》いでしまうという意の「思ひしなふ」の枕詞としても用いている。その掛かり方の説明には諸説が行われているが、いまの二五〇番歌にもそのイメージを重ね合わせれば、旅愁に思い萎《しお》れる詠者の姿をもこめていると考えることもできよう。

＊玉藻刈る……―巻六・九三六。玉藻を刈る海人の乙女たちを見に行こう。そのための船や梶がほしい。波が高くてもかまいはしない。

＊別の歌―巻二・一三一と一九六の長歌にいずれも「…夏草の思ひ萎《しな》へて」とある。

10

淡路の野島が崎の浜風に妹《いも》が結びし紐吹きかへす

【出典】万葉集・巻三・二五一――［羇旅歌八首のうち］

淡路島の野島が崎に吹く浜風によって、わが妻が結んでくれた衣の紐を、吹き翻《ひるがえ》らせていることだ。

【語釈】○妹―男が親しい女のことを指していう言葉。女性が男性を言うときは「背子」と言う。

引き続き八首一連の作のうちの一首で、前掲の「玉藻刈る」詠の直後に配列される。

野島に到《いた》って、ひとり寝の憂愁を実感し始めた詠者《えいしや》であったが、その感慨《かんがい》を引き取って詠まれている。旅立ちにあたって、男の装束の結び紐を、妻が旅の安泰《あんたい》を祈って結ぶのが、この時代の習俗であったらしい。人麻呂よりは後の時代の詠であろうが、左のような歌にもそれはうかがえる。

白妙《しろたへ》の君が下紐《したひも》我さへに今日結びてな逢はむ日のため
（巻十二・三一八一）

（真っ白なあなたの下着の紐を、今日は私もいっしょになって結ぼう。旅からお帰りになってまた逢うその日のために。）

再会の日のために下紐を結ぶとは、つまり旅立ちにあたって、妻が夫の下紐を結ぶことが、無事な帰還を願っての特別なふるまいであったということであろう。つまり、旅装の結び紐は、妻の思いが籠《こ》もったものであり、ひとり旅をする男にとっては、離れた妻を偲《しの》ぶよすがとなるものであった。

この歌の結句を「吹きかへる」ではなく「吹きかへす」と訓《よ》ませていることに注意したい。「浜風に…吹きかへす」だと、紐は目的語となり、主語は旅ゆく男自身になろう。「かへす」には使役の意が込められるとされ、吹き来る風に紐がたなびくのに任《まか》せている風情である。出立の際に妻が結んでくれたことを、今はじめて思い出して感慨に耽るのではなく、旅先でそのことに気づいてからすでにある程度時間が経過していることをうかがわせる。今ではもう、たなびく衣の紐を、風に吹かれるままにしているが、しかし、どこかでいつも家の妻のことを気にかけている、そんな心境であろう。

11

矢釣山木立《やつりやまこだち》も見えず降りまがふ雪にさわける朝《あした》楽しも

【出典】万葉集・巻三・二六二―［矢釣山雪朝歌の反歌］

矢釣山の木立も見えなくなるほどに降り乱れる雪の中で、大勢集まって賑々《にぎにぎ》しくしている朝は、なんとも愉快なことであるよ。

長歌に対する反歌である。長歌は次のとおり。

*やすみしし　我が大君　高光る　日の御子
敷きいます　大殿の上に　ひさかたの　天伝ひくる
雪じもの　行き通ひつつ　いや常世《とこよ》まで

長歌は、降りくる雪にこと寄せて、主人である新田部皇子《*にいたべのみこ》を賛美した歌であるが、人麻呂の長歌の中ではかなりあっさりしたものである。一方、反歌

【題詞】柿本朝臣人麻呂、新田部皇子に献る歌一首併せて短歌。

【語釈】○矢釣山―明日香村の矢釣の里の山であろう。

*やすみしし…―我らが大君、高々と輝く日の御子様がお住まいになる御殿の上

であるこの歌は、降りくる雪の中で出仕の人々が賑々しく集まったさまを「雪にさわける」と捉え、その時の雰囲気を「楽しも」と捉えているところが、なんとも明るく、独特の印象を有する。第四句の原文は「雪驪」なので、「雪のさわける」と訓む説もあるが、長歌で「行き通ひ」と出仕の様を話題にするのに合わせて「雪にさわける」でよい。

この歌より後のことであるが、『万葉集』巻十七には、天平十八年（七四六）正月に大雪が降った際、*聖武《しょうむ》天皇が出仕した公卿たちに詠歌を命じた記事がみえ、多くの詠者が、雪にこと寄せた大君賛美の歌を詠んでいる（三九二二―二六）。それは平安時代の「*初雪見参《げんざん》」などの行事につながる恒例《こうれい》だったのだろう。右の人麻呂詠にも、同様の事情を想定してよいものと思われる。長歌が「大君」を讃美しているのは明らかであるが、反歌の「楽しも」という感想も、心服している主人への奉仕であるからこそのもので、間接的に主人への賛美となっている。

この人麻呂詠は、題詞から新田部皇子に献上した歌であることが分かるが、矢釣山は、明日香浄御原《きよみはら》宮から北東に一キロメートルばかり離れた地にある。山麓付近に新田部皇子の邸宅があったものかと思われる。

に、上空から降ってくる雪ではないが、いつまでも行き通い続けて、永遠の後までも。

＊新田部皇子―天武天皇の皇子。（？―七三五）

＊聖武天皇―第五十五代の天皇（七〇一―七五六 在位七二四―七四九）。

＊初雪見参―平安時代、初雪が降ったとき、廷臣が宮中に参内し、ご機嫌伺いをする風習。

12

もののふの八十《やそ》宇治川の網代木《あじろき》にいさよふ波の行方《ゆくへ》知らずも

【出典】万葉集・巻三・二六四［宇治川作歌］

もののふのやそ宇治川の網代木の辺りに漂っている波が、どこに向かって流れて行くのか分からないことだ。

題詞によれば、近江から大和へ帰ってくる際に、宇治川のほとりで詠《よ》んだものである。

網代木も、その周辺にただよう小波《さざなみ》も、すべて詠者の目に見えているもので、いわば一種の叙景歌《じょけいか》である。しかし、水面をただよってはいずれともなく消えていく小波に特に注目するのは、その行方《ゆくえ》知られなさゆえであることが明言されており、詠者の思いには、そんな光景に象徴される、この世の有《う》

【題詞】柿本朝臣人麻呂、近江国より上り来る時、宇治の河辺に至りて作る歌一首。

【語釈】○網代木―水流の流れを堰き止めるために河の中に立てる杭。

為《い》転変の定めなさへの慨嘆《がいたん》があったものと思われる。

仏教の無常観《むじょうかん》の受容の有無について、古来議論がある作である。しかし、水の流れに世の有為転変を見てとって嘆《なげ》くという発想は、必ずしも仏教に限定されるものではなく、『論語』子罕《しかん》篇の「孔子川上の嘆《こうしせんじょうのたん》」にも現れるところで、仏教の無常観ともども、人麻呂も知識としては知っていた事柄であっただろう。

題詞で、わざわざ近江からの帰途《きと》であることを断っているが、近江といえば、人麻呂はすでに本書の最初に取りあげた「近江荒都歌《おうみこうとか》」（01・02）で、壬申の乱によって廃墟と化した大津宮を眺めての感慨を述べていた。おそらく、この歌における世の定めなさへの慨嘆は、近江で目の当たりにした大津宮の荒廃《こうはい》のさまへの印象に由来するのであろう。「もののふの八十」は地名「宇治」を同音の「氏」によってみちびく序詞であるが、「八十氏」（多くの氏族）には、天智朝において一時の栄華をきわめたのち、壬申の乱の結果、散りぢりとなっていった、近江の宮廷に出仕した多くの官人たちをも想起させる表現となっているように思われる。

＊孔子川上の嘆―「子、川上ニ在《あ》リテ曰ク「逝《ゆ》ク者ハ斯《か》クノ若《ごと》キカ。昼夜ヲ舎《お》カズ」ト」。

13

近江《あふみ》の海夕波千鳥汝《な》が鳴けば心もしのにいにしへ思ほゆ

【出典】万葉集・巻三・二六六―［夕波千鳥作歌］

近江の湖の夕べの波ぎわにいる千鳥よ、お前が鳴くと、切ないほどに昔のことが思い出されることだよ。

近江の海は、いうまでもなく現在の琵琶湖である。夕べの琵琶湖畔に立って、波際で鳴く千鳥の鳴き声を聞いての感慨である。千鳥の哀切《あいせつ》な鳴き声を聞くと、自然と「いにしへ」のことが思い偲ばれるという。「心もしのに」は、心がうちしおれたようになることを言っている。「いにしへ」のことに思いを馳《は》せると、心がぐったりとしてしまうほどに、切なく悲しい思いに襲われるというのである。鳥の鳴き声、特に夕方から夜にかけて聞こえてくるそれによって、さまざまな思いが触発《しょくはつ》されたとうたうことは、他にも多くの例がみられる。中でも千鳥の鳴き声は、人恋しさを促す鳴き声と感じ取られたようである。

　*飫宇《おう》の海川原の千鳥汝《な》が鳴けばわが佐保川《さほがは》の思ほゆらくに

（巻三・三七一・門部王《かどへのおおきみ》）

　*さ夜中に友呼ぶ千鳥もの思ふとわびをる時に鳴きつつもとな

（巻四・六一八・大神女郎《おおみわのいらつめ》）

*北原白秋「ちんちん千鳥」や*鹿島鳴秋「浜千鳥」が、民話に基づいて夜の千鳥を親を探して鳴いていると捉えるのも、千鳥の鳴き声に人恋しさを感じる伝統を背景にしているだろう。そのような人恋しさにも似た切なさを、「いにしへ」への思慕《しぼ》にも感じているのである。琵琶湖畔で、そのような思いに馳せしめる「いにしへ」のことといえば、やはり天智天皇時代のことであろう。人麻呂は、ここ琵琶湖の地に一時の栄華を誇ったのち、壬申《じんしん》の乱によってはかなくなった近江朝への思いを再三主題にしていることは、すでに本書の01・02・12でもみたとおりである。

*飫宇の海川原の千鳥……―ここ宍道湖の飫宇の海の千鳥よ、お前が鳴くと、わが古里の奈良の佐保川のことが思い出されることだ。

*さ夜中に友呼ぶ千鳥……―さ夜中に友をよぶ千鳥よ。物思いに沈んでいる時に、むやみに鳴いたりして…。

*北原白秋―明治～昭和前期を代表する詩人・歌人（一八八五―一九四二）。

*鹿島鳴秋―大正～昭和に活躍した童謡作家（一八九一―一九五四）。

14

大君《おほきみ》の遠《とほ》の朝廷《みかど》とあり通ふ島門《しまと》を見れば神代《かみよ》し思ほゆ

【出典】万葉集・巻三・三〇四―〔筑紫下向歌〕

大君がご支配になる遠方の政庁として、いにしえから行き来してきた海峡を眺めると、自然と神代の昔のことが思いやられることだ。

題詞《だいし》によると、人麻呂は筑紫《つくし》へ赴いたことがあるようで、その途上の海路でこの詠をものした。筑紫は九州のことで、特にその北部、筑前・筑後両国のあたりを指す。しかし、人麻呂の九州における詠作の確実なものは知られていない。『人麻呂歌集』*歌の、

*豊国《とよくに》の企救《きく》の浜松ねもころになにしか妹にあひ見そめけむ

（万葉集・巻十二・三一三〇）

【題詞】柿本朝臣人麻呂、筑紫の国に下りし時、海路にて作れる歌二首。

＊人麻呂歌集―解説参照。

＊豊国の企救の浜松……―豊前国企救の浜の松の根ではないが、ねんごろに、なんだってあの子と言葉を交わし

などに九州[*]の地名が詠みこまれている程度である。

筑紫下向時の詠にはもう一首、次の歌も掲載される。

名[*]ぐはしき印南《いなみ》の海の沖つ波千重《ちへ》に隠《こも》りぬ大和島根は

ここに詠まれる印南は、現在の兵庫県の播磨灘沿岸部の地なので、難波の津から九州への航路としては、まだとば口に当たる。このあたりの航海の旅での詠は、本書09・10で取り上げた歌を含む羇旅《きりよ》歌群にもすでに見えた。当該の「大君の遠の朝廷と」歌の「島門」も、海峡や大小の島嶼《とうしよ》が多い瀬戸内の随所に見られる地形である。また「遠の朝廷」というのは、本来は地方の政庁のことで、特定の地域を限定するものではない。しかし、特に大宰府の異名として用いられることから、誤って人麻呂の九州行き伝承が生じた、というような事情があったのかもしれない。

なぜ「島門」を見ると「神代」のことが自然と連想されるというのか。実は判然としないのだが、公的な任務を負った官人がくりかえし往来してきた海峡にさしかかると、おのずと厳粛《げんしゆく》な気分となり、そのような往来が始まったはるかいにしえのことが思いやられたということであろうか。

始めてしまったのだろうか。

＊九州の地名―豊前《ぶぜん》国企救は、現在の福岡県北九州市の地。

＊名ぐはしき印南の…―巻三・三〇三。名高い印南の海の沖合の、幾重にも重なる波の彼方に、大和の山並みは隠れて見えなくなってしまった。

15

石見《いはみ》の海　角《つの》の浦みを
浦なしと　人こそ見らめ
潟《かた》なしと　人こそ見らめ
よしゑやし　浦はなくとも
よしゑやし　潟はなくとも
鯨魚《いさな》とり　海辺をさして
和多豆《にきたづ》の　荒磯《ありそ》の上に
か青く生ふる　玉藻沖つ藻
朝はふる　風こそ寄せめ
夕はふる　波こそ来寄れ
波のむた　か寄りかく寄り
玉藻なす　寄り寝し妹《いも》を
露霜《つゆしも》の　置きてし来れば

石見の海の角の浦の当たりを
たいした浦がないと人は見るであろうが、
よい潟はないと人は見るだろうけれど、
ままよ、よい浦がなくても
ままよ、よい潟がなくても
海辺に向かって
和多豆の荒磯の上に
青々と生えている美しい海藻や沖の海藻は
朝には風が靡き寄せるであろう
夕べには波が寄せてくるが、
その波とともにあちらへ寄りこちらへ寄る
美しい海藻のごとく私に身を靡かせて共寝した妻を
後に置いてきたので、

この道の　八十隈《やそくま》ごとに
よろづたび　かへりみすれど
いや遠に　里は離《さか》りぬ
いや高に　山も越え来ぬ
夏草の　思ひしなえて
しのふらむ　妹《いも》が門《かど》見む
靡《なび》けこの山

いまたどる道中の山道の曲がり角ごとに
何べんも繰り返し振り返って見るのだけれど、
いよいよ遠くもと来た道は遠ざかり、
いよいよ高々と山も越えてやって来てしまった。
物思いにしおれるようにして、
今ごろ私のことを慕っているだろう妻の家の門口を眺めたい。
靡き伏してしまえ、目の前に立ちはだかる山よ！

【出典】万葉集・巻二・一三一――「石見相聞歌」

現在、「石見相聞歌《いわみそうもんか》」の通称で知られる歌群の一首めの長歌。

中央集権体制が本格的に動き始めた持統朝では、中央の官吏が地方官として赴任《ふにん》することが常態となった。独身者も多かったろうし、妻帯者も、妻を伴って遠路赴任できるだけの経済的余裕がない者もあったであろう。この時期、日本の歴史上、はじめて大量の単身赴任者が出現した。当然、現地の女

【題詞】柿本朝臣人麻呂、石見の国より妻に別れて上り来る時の歌二首、併せて短歌。
【枕詞】○鯨魚とり→海。○露霜の→置く。○夏草の→しなゆ

性と情を通じ、夫婦として暮らすこともありがちだったであろう。しかし、数年後には任期が果て、男は中央に帰らなくてはならない。現地の妻は、やはり経済的な理由その他から、多くは同行せずに現地に留《とど》まったものと思われる。個人旅行などというものが気軽に行える時代ではないので、男の中央への帰還は、すなわち現地の妻との永遠の別離を意味していた。

おそらくこの作品は、そのような「時の話題」を敏感《びんかん》に捉えて、人麻呂が創り出したものなのだろう。人麻呂は、石見の山中で死んだことになっている（本書27参照）。したがって、この「石見相聞歌」が詠まれたのは、彼の国司としての任期が果てて上京する折の作ではなく、*朝集使《ちようしゆうし》などとしての一時的上京の折のものかとするのが通説のようになっている。しかし、ここに描かれた悲しみは、そのような一時的な別離に対するものではない。目の前に立ちはだかる山に、靡《なび》き伏してしまえと叫ぶ末尾の強い語調も、永遠の別れを前提にしてこそ意味がある。作品に描かれた男女の情景と、人麻呂の実人生は区別する必要があろう。

長歌の冒頭は、石見の海の描写が続くが、それはすべて「玉藻なす　寄り寝し妹」に収斂《しゆうれん》する。「玉藻なす」までが延々二十三句におよぶ序詞になっ

＊朝集使―地方の政務報告のために京の太政官に派遣された使い。

ている。石見の沿岸には、これといった入江や潟がないとうたいおこすが、「よしゑやし」（それでもかまわない）というのは、世間一般からみれば、石見の海にはこれといった長所もなく、役に立たないと思われるだろうが、自分にとっては特別な思い入れがある土地なのだ、と主張するのであろう。その思いは、そのまま石見の妻にも重なってゆく。他人様からみればなんの変《へん》哲《てつ》もない鄙《ひな》の女かもしれないが、自分にとってはかけがえのない最愛の妻なのだ、ということであろう。山陰地方の一見荒涼とした海岸風景が、そのまま妻の閨中《けいちゆう》の肢体に重なってゆく。映画でいえばオーバーラップの手法で、冒頭の叙景的叙述は妻の姿へ結びついてゆく。

「浦なし」「潟なし」の石見ゆえ、上京の旅は徒歩で山道をたどらざるをえないのであるが、遅々とした道中、思われるのは妻の身の上であったという。つのる妻への思いが、最後に激高し、末尾の叫びへとつながっている。

16

篠《ささ》の葉はみ山もさやに乱《みだ》るとも我は妹《いも》思ふ別れ来ぬれば

【出典】万葉集・巻二・一三三―〔石見相聞歌の反歌〕

篠の葉は、山全体をざわめかして吹き乱れているけれど、私はひたすら妻のことを思い続けている。別れて来てしまったので。

前掲の長歌に対する反歌である。

もう永遠に逢《あ》えないであろう妻と別れてたどる山道では、風に吹かれてであろう、篠の葉ずれの音が、全山をあげてざわざわと不穏《ふおん》な音を立てている。「さや」は葉ずれの音であるが、こんにちの「さやさや」といった擬音語とは異なり、上代では不穏なざわめきの音であった。『古事記』の天孫降《てんそんこう》臨《りん》の条で、天上世界である高天原《たかまのはら》から、地上世界の葦原中国《あしはらのなかつくに》の様子をうかがった神々が、まだ秩序だっていない混乱状態にある地上世界を、「葦原中国はいたくさやぎてありなり」と言ったと伝える。無秩序なざわめきを表すことばとして「さやぐ」が使われた例である。たった一人でたどる山道で、不安を掻き立てるような篠の葉ずれの音が聞こえてくると、普段であれば、動揺して心落ち着かないところであろうが、それでも男の思念を支配するのは、妻への思いばかりだ、という。ことほどさように、男にとって、妻との別れは深刻なことがらであった。

　この作品の舞台が石見*に設定されているのも、故なしとしない。先の長歌の冒頭で、石見にはよい海岸がないというが、そのため石見と中央との往来はひたすら陸路をたどる行程で、近隣諸国とくらべても、とりわけ交通に不便な土地であった。後世の『*延喜式《えんぎしき》』主計式によれば、片道十五日かかった。石見の手前にある隣国出雲《いずも》の地は、『古事記』などでは死者の世界である黄泉《よみ》の国に通じる、この世の辺境として描かれるが、その出雲でも中央からは八日の行程である。いわば石見は本州の最果《さいは》ての地であった。そんな最果ての地から、愛しい現地の妻と別れた男が延々と続く山道をたどる悲哀を描いてみせたのが、この「石見相聞歌」なのである。

*石見―現在の島根県の西部。山口県に接している。出雲のさらに西にあった。

*延喜式―十世紀はじめに編纂された律令の施行細則集。

17

古《いにし》へにありけむ人もわがごとか妹《いも》に恋ひつつ寝《い》ねかてずけむ

【出典】万葉集・巻四・四九七

その昔に生きた人も、いまの私のように、愛しい人に恋いこがれて、寝つけなかったことだろうか。

『万葉集』巻四は、一巻すべてが相聞歌《そうもんか》からなる巻。掲出歌は、その中に四首一群で収められたものの内の第二首め。直前の第一首めは、

み熊野の浦の浜木綿百重《はまゆふももへ》なす心は思へどただに逢はぬかも（四九六）

というもので、「熊野の浦の浜木綿のように、幾重にも厚く心では思ってはいるのだけれど、直接に逢うことができないことよ」と、強く慕《した》ってはいるが、なんらかの事情でなかなか逢瀬《おうせ》は遂げられずにいる関係が描かれてい

【題詞】柿本朝臣人麻呂の歌四首。

【語釈】○寝ねかてず―「寝《い》ぬ」は「寝る」の古い形。「かて」は動詞の連用形について「〜できる」という意味を添える補助動詞。

る。不如意《ふにょい》な恋愛状況にあって、こんな苦しみを味わうのは、古今に自分ひとりなのではないか？という疑問は、誰しもが抱く感情であろう。続く第三首めは、

今のみのわざにはあらず古《いにし》への人ぞまさりて哭《ね》にさへ泣きし（四九八）

という。「今だけのことではない。その昔に生きた人の方こそ、声をあげて泣くほどの思いをしたのだ」というのは、前歌の疑問に対して、その苦しみはひとりのものではなく、古人も味わってきたものなのだ、と反論している。これを自問自答の歌と考えることもできるが、第四首めは、

*百重《ももへ》にも来しかぬかもと思へかも君が使ひの見れど飽《あ》かざらむ（四九九）

とあり、この「君」の語から、女性の立場の詠であることが分かる。掲出歌は「妹」の語から男の立場の詠であることが明らかである。おそらく、前半の二首が男の歌、後半二首が女の歌の掛《か》け合《あ》いとしてこの連作は作られているのであろう。第一首めに「熊野」*の地名が見えることから、紀伊《きい》の国へ行幸があった際に、人麻呂が宴席の趣向として提供したのではないかとみる説がある。

*百重にも来しかぬかもと…—幾度でも来てくれないかと思うからか、あなたからの使者は、いくら見てもこれで充分と思うこともないでしょう。

*熊野—和歌山県西牟婁郡の沿岸部から山間部にかけての地域を広く指す地名。

18

夏野ゆく牡鹿《をじか》の角《つの》の束《つか》の間《ま》も妹《いも》が心を忘れて念《おも》へや

【出典】万葉集・巻四・五〇二

夏の野をゆく牡鹿の角ほどの短い間ですら、彼女の私への思いを忘れることなどありはしないよ。

【題詞】柿本朝臣人麻呂の歌三首。

【語釈】○念へや―「や」は反語。忘れて思うだろうか、いや忘れはしない。

序詞が印象的な一首である。

牡鹿は、毎年春に角が落ちて生えかわる。したがって、夏の牡鹿の角はまだ生えはじめでごく短い。その短さを、時間的な短さへ結びつけて、「束の間」を導く序詞としている。恋の抒情に結びつける光景としてはこの序詞は類例がなく、飛躍が感じられ、いささか意表を突く表現である。しかし、立派に成長してしまった硬質の角ではない、まだ表皮《ひょうひ》をまとって弾力すらある短い生えかけの角、いわゆる袋角《ふくろづの》には、ある種の初々しさがあり、夏野の草いきれとともに、このうたの詠み手の年齢をも想像させるようで、それがこの一首を印象深いものにしている。もちろん、人麻呂はそのような恋の抒情を構えて詠んでいるのであって、この歌を作ったときの人麻呂の実年齢とはひとまず関係がないと考えた方がよい。

題詞に示されるとおり、三首一組のもので、他の二首は左のとおりである。

*未通女《をとめ》らが袖ふる山の瑞垣《みづがき》の久しき時ゆ憶《おも》ひき我は

*玉衣《たまぎぬ》のさゐさゐ沈み家の妹《いも》にもの言はず来にて思ひかねつも

いずれも愛しい女性への思いを述べている。三首すべてに動詞「思ふ」が用いられている。いうなれば「三思《さんし》の歌」とでも名付けられる歌群である。「三思《さんし》」は『論語』公冶長《こうやちょう》篇や『荀子《じゅんし》』法行篇を典拠とする成語でもある。人麻呂がこのような歌群を作ろうとした発想源には、成語「三思」があったかもしれない。また、三首の「思ふ」は、原文では「憶」「念」「思」とそれぞれ別の漢字で書き分けられているのも興味深い。

*未通女《をとめ》らが袖ふる山の…―巻四・五〇一。乙女らが袖を振るあの布留山《ふるやま》の瑞垣が年古く久しいように、昔からあの人のことを思い続けていたのである、私は。

*玉衣のさゐさゐ沈み…―巻四・五〇三。美しい絹の衣のさわさわとなるような人々のざわめきの中にまぎれて、家にいる妻に言葉をかけずにやって来てしまい、思い余っていることだ。

19

天地《あめつち》の　はじめの時
ひさかたの　天《あま》の川原に
八百万《やほよろず》　千万神《ちよろづかみ》の
神集《かむつど》ひ　集ひいまして
神はかり　はかりし時に
天照《あま》らす　日女《ひるめ》の命《みこと》
天《あめ》をば　知らしめすと
葦原の　瑞穂《みづほ》の国を
天地《あめつち》の　よりあひの極み
知らしめす　神の命《みこと》と
天雲《あまぐも》の　八重かき分けて
神下《くだ》し　いませまつりし
高照らす　日の皇子《みこ》は

天地の始まりの時に
天の川原で
八百万、千万の神々が
一斉に集まって
神々の話し合いをした時に、
天照日女の命は
天上世界をお治めになるとて
地上世界の葦原の瑞穂の国を
天地の続く限り永遠に
お治めになる神として
天雲が幾重にも重なるのをかき分けて
地上に降臨させ申しあげた
天に輝く日の御子様は

飛ぶ鳥の　浄御《きよみ》の宮に
神ながら　太敷《ふとし》きまして
すめろきの　敷きます国と
天《あま》の原　岩戸《いはと》を開き
神上がり　上がりいましぬ
わが大君　皇子《みこ》の命《みこと》の
天《あめ》の下　知らしめしせば
春花の　貴《たふと》くあらむと
望月の　たたはしけむと
天の下　四方《よも》の人の
大船《おほぶね》の　思ひ頼みて
天《あま》つ水　仰ぎて待つに
いかさまに　思ほしめせか

明日香の浄御原の宮に
神ながら堂々とご君臨になり、
この世界を代々の皇統がお治めになる国とお定めになって
天上世界への岩戸を開いて
神として昇天なさったのであった。
そこで、我らが大君である皇子様が
天下をお治めになったならば
春の花のようにご立派で
満月のように充実なさることであろうと、
天下のあらゆる方面の人々が
頼もしく思って
仰ぎ見て待望していたところ、
いったいどのように思し召《おぼ》されてか、

つれもなき　真弓の岡に
宮柱　太敷《ふとし》きいまし
み甍《あらか》を　高知りまして
朝言《あさこと》に　み言《こと》問はさず
日月《ひつき》の　数多《まね》くなりぬれ
そこゆゑに　皇子《みこ》の宮人
行方知らずも

それまでゆかりもない真弓の岡に
宮殿の柱を立派にお営みになり
甍《いらか》の屋根を堂々とお造りになって
朝のお言葉もご発声にはならず、
月日も多く過ぎてしまった。
そのために、皇子の宮にお仕えする人々も
行方を失って呆然としている。

【出典】万葉集・巻二・一六七―［草壁皇子挽歌］

草壁皇子の死に際して作られた挽歌。

草壁皇子は、すでに「吉野賛歌」（03）の項でも触れたが、天武天皇とその皇后鸕野讃良《うののさらら》皇女（後の持統天皇）との間に生まれた皇子で、天武生前からその後継者と目されていた人物である。しかし、六八六年の天武逝去《せいきょ》後も即位することがないまま、六八九年に没した。二十八歳であった。

【題詞】日並皇子尊の殯宮《あらきのみや》の時、柿本朝臣人麻呂の作る歌一首併びに短歌。
【枕詞】○ひさかたの→天。○飛ぶ鳥の→明日香。○大船の→頼む。○天つ水→仰ぐ題詞に見える「日並皇子の命《ひなみしのみこのみこと》」とは、皇子没後に贈られたいわゆる諡号《しごう》。日に並ぶとは、天皇に並ぶべき存在であったことによる命名であろう。制作年代が特定できる作品としては、人麻呂の歌の中ではもっとも初期の作品。

前半では、天地開闢《かいびゃく》のそのとき、天上の神々の合議によって天上世界を「天照らす日女《ひるめ》の命」が統治し、葦原中国《あしはらのなかつくに》は「高照らす日の皇子」が統治することに決められたと主張する。その日の皇子は、地上に天下って「飛鳥の浄御《きよみ》の宮（明日香浄御原《きよみはら》の宮）」に君臨したというのだから、つまり、天武天皇その人が天上の神々の意向を受けて天下ったのだ、ということになる。『古事記』や『日本書紀』に記される王権神話とは異なる、独特の神話イメージをこの作品は主張する。天武天皇は伝統的な王家の一員であったものの、壬申《じんしん》の乱の勝利によって王権を奪取したのであり、新王朝の始祖《しそ》にも等しい立場にあった。そのことをふまえての造形かと思われる。その天武がふたたび昇天する際、つまり逝去に際して、この地上は皇統が代々統治すべきであると定めたのだ、という前半を受けて、人々は草壁の即位を待望していたといい、そのさ中に皇子の突然の死に会った悲しみを、仕えていた宮人らが途方に暮れるさまを叙することによって表している。

【語釈】○真弓の岡—現近鉄飛鳥駅の西の佐田の地に陵がある。

20

飛ぶ鳥の　明日香の川の
上《かみ》つ瀬に　石橋渡し
下つ瀬に　打橋《うちはし》渡す
石橋に　生《お》ひ靡《なび》ける
玉藻《たまも》をぞ　絶ゆれば生ふる
打橋に　生ひををれる
川藻もぞ　枯るればはゆる
なにしかも　わが大君の
立たせば　玉藻のもころ
臥《こ》やせば　川藻のごとく
靡かひの　よろしき君が
朝宮を　忘れたまふや
夕宮を　背《そむ》きたまふや

明日香川の
上流には石橋が渡してあり
下流には打ち橋が渡してある。
その石橋に生えて流れに靡いている
美しい水草はなくなってもまた生えてくる
打ち橋に生い茂っている
川藻だって枯れればまた生えてくる。
それだのになんだってわが皇女様の
お立ちになれば美しい水草のごとく
お臥せになれば川藻のように
身を寄せておいでだった麗しの夫君の
朝の宮殿をお忘れになってしまったのか、
夕べの宮殿をお背きになってしまったのだろうか。

うつそみと　思ひし時に
春へには　花折りかざし
秋立てば　黄葉《もみちば》かざし
敷き妙《たへ》の　袖たづさはり
鏡なす　見れども飽《あ》かず
望月《もちづき》の　いやめづらしみ
思ほしし　君とときどき
いでまして　遊びたまひし
御食《みけ》向かふ　城上《きのへ》の宮を
常宮《とこみや》と　定めたまひて
あじさはふ　目言《めこと》も絶えぬ
しかれかも　あやに悲しみ
ぬえ鳥の　片恋夫《かたこひづま》

皇女様のことをこの世のお方だと思っていた時には、
春には花を折って髪に挿し
秋になると黄葉を髪に挿し、
袖をたがいに取りあって
まるで鏡をいくら見ても見飽きないという風情で
満月のごとくいよいよすばらしく
思し召していた夫君と、折につけて
お出ましになり、ご逍遙なさった
城上の宮を、
永遠の住まいとお定めになり、
お目にかかることもお言葉を交わすことも途絶えてしまった。
そのような次第でおいたわしくも大層お悲しみになり、
独り残されて恋慕するご夫君、

朝鳥の　通はす君が
夏草の　思ひしなえて
夕星《ゆふづつ》の　か行きかく行き
大船の　たゆたふ見れば
なぐさもる　心もあらず
そこゆゑに　せむすべ知れや
音のみも　名のみも絶えず
天地《あめつち》の　いや遠長く
しのひゆかむ　御名《みな》にかかせる
明日香川　万代《よろづよ》までに
はしきやし　わが大君の
形見にここを

朝鳥のように毎日決まって宮にお通いになるご夫君が、
しおれんばかりに思い沈んで、
あちらへまたこちらへと宮の周辺を行き来し、
定めなく彷徨っていらっしゃるのを拝見すると、
心を静めるすべもなく切ない。
それだからとて、どうしたらよいとも分からないが、
せめて亡き皇女様の名声やお名前だけでも今後絶えることなく
天地同様いよいよ永遠に
偲び続けていたいと思う。その偲び行くお名前と同じ響きの
明日香川を、万代にわたって、
愛しのわが皇女様を偲ぶ
よすがにしよう。この明日香川を……。

【出典】万葉集・巻二・一九六―［明日《あす》香皇女《かのひめみこ》挽歌］

明日香皇女《あすかのひめみこ》の死をいたんだ挽歌《ばんか》。

明日香皇女は天智天皇の皇女で、天武天皇の皇子の一人である忍壁皇子《おさかべのみこ》の妃であった。文武天皇の四年（七〇〇）に没している。三十三歳であった。人麻呂の作品としては最後期に属する。

作者は、明日香を南北に縦断する明日香川のほとりに立って、亡《な》き皇女への思いに浸《ひた》っている、という風情である。眼前の川に生《は》える水草は、枯れても絶えても、またすぐに生えてくる。しかし、明日香川と名前が通う明日香皇女は、一度姿がみえなくなってというもの、その後けっして生前の姿をふたたび見ることはできなくなってしまった、というのが冒頭部分の言わんとするところである。自然世界の循環性・永遠性と対照させて、人事のはかなさを捉《とら》えたもの。同様の発想は、「近江荒都歌」の反歌（02）にもみられること、すでに指摘した。

後半では、生前の皇女が、夫君の忍壁皇子と仲睦《なかむつ》まじく折々の行楽を楽しんでいたさまを回想し、その折に立ち寄った城上の地に、意外にも皇女の喪葬の装いがなされたと言い、そこに日々通って悲嘆に暮れる夫君を見ることのやるせなさを述べる。


【題詞】明日香皇女の城上の殯宮《あらきのみや》の時、柿本朝臣人麻呂の作れる歌一首併せて短歌。

【枕詞】○飛ぶ鳥の→明日香。○敷き妙の→袖。○御食向かふ→城上の宮。○あじさはふ→目。○ぬえ鳥の→片恋。○夏草の→しなゆ。○夕星の→か行きかく行き。○大船の→たゆたふ。

【語釈】○城上―現在の奈良県北葛飾城広陵街あたりとするのが有力だが、異説もある。

直前の「草壁皇子挽歌」では、天武天皇によって約束された皇位の継承者であった皇子という点を、亡き皇子の最大の眼目《がんもく》として取りあげ、嘆《なげ》きの根拠としていたが、この挽歌では、皇女の生前最大の徳目《とくもく》を、夫君との仲睦まじさに求めている。このように、故人の生前の業績や徳目を述べて哀悼《あいとう》する叙事的な表現は、喪葬儀礼の中で行われた「しのひごと」と呼ばれる唱《とな》え事の発想によるかと考えられる。さらにその「しのひごと」は、漢土で行われた「誄《るい》」の影響下に成立するものと考えられる。「誄」は、故人の生前の功績や徳行を述べて哀悼の意を表する文である。人麻呂は、『文選』*などに掲載されるさまざまな死者を哀悼する詩や文からも直接学んで、挽歌を制作しているとも指摘されている。

「草壁皇子挽歌」(19)では、突然の皇子の死にとまどう宮人たちを描写的に捉えていたが、この挽歌では、「思ひし」「遊びたまひし」と回想の助動詞を多用して、夫妻の姿を間近に見ていた者のような視点から叙述しており、その点が特徴となっている。挽歌とは、本来は死者の配偶者など遺族の立場から、その死を悲嘆《ひたん》するものであった。しかし、「草壁皇子挽歌」では、次期天皇に目されていた草壁皇子の死を、ときの王朝にとって重大な欠落を意

*文選―中国六朝の梁代に編纂された詩文集。梁代までの約千年間の名作を集大成する。

味するものとして、それまでの挽歌とは異なる哀悼の表現が試みられていた。人麻呂は、政治的に重要な人物の死を、その死の意味するものを含めて悲嘆する方法を、「草壁皇子挽歌」によって獲得したといえる。その一方で、この「明日香皇女挽歌」のように、故人に近習した者の立場で、故人夫妻のかつての睦まじさや、残された夫の孤独を間近に見つつ、皇女の死を悲しむ方法も用いている。「明日香皇女挽歌」は、近親者や親しく仕《つか》えた者たちが集る喪葬の場で披露されたものなのであろう。聴衆に寄り添うような視点から作品を詠作しているのである。

哀悼の対象や目的に合わせ、人麻呂は、多様な表現手法を駆使《くし》して挽歌を制作している。

21

鶏《とり》が鳴く　東《あづま》の国の
御軍《みいくさ》を　召したまひて
ちはやぶる　人を和《やは》せと
まつろはぬ　国を治めと
皇子《みこ》ながら　よさしたまへば
大御身《おほみみ》に　太刀とりはかし
大御手に　弓とり持たし
御軍《みいくさ》を　あどもひたまひ
ととのふる　鼓《つづみ》の音は
雷《いかづち》の　声と聞くまで
吹きなせる　小角《くだ》の音も
敵《あた》見たる　虎か吼《ほ》ゆると

東国の
兵をお集めになって
猛威をふるう者たちを平定せよ
従わぬ地域を平定せよと、
皇子の身でありながらご命令が下されたので、
御みずから太刀をお佩《は》きになって
そのお手に弓をお持ちになり、
父上の軍勢をご統率なさり
軍勢を調える太鼓の音は
まるで雷鳴かと聞きまがうほどで
ふきなす角笛の音も
敵に出会った虎が吼えるのかと、

もろ人の　怯《おび》ゆるまでに
ささげたる　旗のなびきは
冬こもり　春さり来れば
野ごとに　つきてある火の
風のむた　靡くがごとく
とり持てる　弭《ゆはづ》のさわき
み雪降る　冬の林に
つむじかも　い巻きわたると
思ふまで　聞きのかしこく
ひき放つ　矢のしげけく
大雪の　乱れ来たれ
まつろはず　たち向かひしも
露霜の　消《け》なば消《け》ぬべく

人々が恐れおののくばかり。
揚げた旗がたなびくさまは、
まるで春になると
野原という野原に燃え上がる野火が
風とともに燃え広がるかのよう。
軍勢が手にした弓弭《ゆはず》のざわめきは
雪降る冬の林に
つむじ風が逆巻きわたるかと
思うほどに聞くのも怖ろしく、
射放つ矢のすさまじさは
大雪のごとく乱れて飛び来るが、
服従せずに対抗していた敵勢も
露霜のごとくはかなく死ぬのも厭わず、

ゆく鳥の　あらそふはしに
渡会《わたらひ》の　斎《いつき》の宮ゆ
神風《かむかぜ》に　い吹きまとはし
天雲《あまぐも》を　日の目も見せず
常闇《とこやみ》に　おほひたまひて
定めてし　瑞穂《みづほ》の国を
神ながら　太敷きまして

……………

応戦するそのとき、
伊勢の渡会の聖なる神宮から
吹いてくる神風によって敵を混乱させ
天空の雲によって日の光も見えぬほど
暗闇に覆いなさり
そのようにしてご平定なさった瑞穂の国を
ご自身神さながらにしっかりお治めになり、

……………

【出典】万葉集・巻二・一九九―［高市皇子《たけちのみこ》挽歌］

高市皇子《たけちのみこ》の死に際して制作した挽歌の一節である。

この挽歌の長歌は、全体で百四十九句におよび、『万葉集』の中で最長をほこる作品である。掲出したのは、そのうちの第二十八句から第九十句まで*で、全体の約半分弱に当たる部分。ここでは、六七二年の壬申《じんしん》の乱の壮大な

【題詞】高市皇子命《たけちのみこのみこと》の城上の殯宮《あらきのみや》の時、柿本朝臣人麻呂の作れる歌一首併せて短歌。

【枕詞】○鶏が鳴く→東。○

戦闘シーンが展開している。

高市皇子は、天武天皇の皇子の一人で、多くの異母兄弟中でも最年長であった。壬申の乱のときにすでに成年に達しており、従軍して父を助けた。その皇子の勲功を賛美すべく、本挽歌では戦闘描写にもっとも力が注がれている。具体的な比喩《ひゆ》を多用し、聞く者のイメージを喚起《かんき》させ、迫力がある。

ところで、題詞にみえる「殯宮《あらきのみや》《ひんきゅう》」とは、死者を埋葬《まいそう》するまで仮に安置する仮設の殿舎をいい、先の「草壁皇子挽歌」や「明日香皇女挽歌」の題詞にも見えていた。殯宮《ひんきゅう》の期間はさまざまで、天武天皇崩御の際には三年以上に及んだ。天武の場合は政治的思惑もからんだ極めて特殊なケースだが、数ヶ月に及ぶことはあり得た。この挽歌の戦闘描写で、実際の壬申の乱が六月から七月にかけての暑い季節のことであったのに対して、「み雪降る冬の林」「大雪の」「露霜」など、冬に関わる修辞を多用するのは、この作品が披露された時季にちなむかと思われる。持統十年（六九六）七月に没した高市皇子の殯宮儀礼が数ヶ月に及んだとすれば、その末期は真冬のころとなる。現在の気候に引きつけた修辞を多用することで、聴衆には、戦闘場面が目の前の冬の景色と重なり、強烈に生々しく思い起こされたに違いない。

冬こもり↓春。〇行く鳥の↓あらそふ。

＊そのうちの第二十八句―省略した冒頭部分は次のとおり。

かけまくも　ゆゆしきかも　言はまくも　あやに畏き　明日香の　真神《まかみ》の原に　ひさかたの　天つ御門を　畏くも　定めたまひて　神さぶと　磐隠《いはがく》ります　やすみしし　わが大君の　きこしめす外面の国の……

【補遺】反歌二首を次に掲げておく。

ひさかたの天知らしぬる君ゆゑに日月も知らず恋ひわたるかも

埴安《はにやす》の池の堤の隠《こも》り沼《ぬ》のゆくへを知らに舎人《とねり》はまとふ

22

天飛《あま》ぶや　軽《かる》の道は
吾妹子《わぎもこ》が　里にしあれば
ねもころに　見まくほしけど
止まず行かば　人目を多み
まねく行かば　人知りぬべみ
さね葛《かづら》　後《のち》も逢はむと
大船の　思ひ頼みて
たまかぎる　岩垣淵《いはかきふち》の
こもりのみ　恋ひつつあるに
渡る日の　暮れぬるがごと
照る月の　雲隠るごと
沖つ藻《も》の　靡きし妹《いも》は
黄葉《もみちば》の　過ぎて去《い》にきと

軽の道は
わが妻の里であるので
じっくりと見たいとは思うのだけれど
絶えず出かけて行ったならば人目についてしまうだろうし
たびたび出かけたならば人が我々の関係に気づくだろうから
のちのちゆっくり逢うことにしようと
それを頼りに思って
岩に取り囲まれて隠れている淵のように
人知れず心のうちだけで恋い焦がれ続けていたところ
空行く太陽が暮れていってしまうように
天空照らす月が雲に隠れていってしまうように
沖合の海藻のごとくわが身に靡き寄り添っていた妻は
黄葉が散りゆくように亡くなったと

玉梓《たまづさ》の　使の言へば
梓弓《あづさゆみ》　音のみ聞きて
言はむすべ　せむすべ知らに
音のみを　聞きてありえねば
わが恋ふる　千《ち》重《へ》の一《ひと》重《へ》も
なぐさもる　心もありやと
吾妹子《わぎもこ》が　止《や》まず出で見し
軽の市に　わが立ち聞けば
玉だすき　畝傍《うねび》の山に
鳴く鳥の　声も聞こえず
玉桙《たまほこ》の　道行く人も
ひとりだに　似てし行かねば
すべをなみ　妹《いも》が名呼びて

使いの者が言うので
話に聞いただけでなんと言ってよいのやら
どうしたらよいものやらも分からず
話に聞いただけでいるわけにもいかず
私が恋い焦がれる千分の一でも
せめて慰められることもありはしないかと
わが妻が絶えず出て眺めていた
軽の市に出てひとり立って耳を傾けるが
畝傍山で
鳴く鳥のごとき愛らしい妻の声が聞こえることもなく
道を行き交う人々にも
一人として妻に似た者が通りかかることもないので
他にどうしようもなく、妻の名を叫んで

袖ぞ振りつる

袖を振ってしまうことだ。

【出典】万葉集・巻二・二〇七 ―［泣血哀慟歌《きゆうけつあいどうか》］

【題詞】柿本朝臣人麻呂、妻死《みまか》りし後、泣血哀慟して作れる歌二首、併せて短歌。

【枕詞】○天飛ぶや↓軽。○さね葛↓後。○大船の↓頼む。○たまかぎる↓石垣淵。○玉梓の↓使《つかひ》。○梓弓↓音。○たまだすき↓畝傍。○玉桙の↓道。

妻を失った悲しみを述べた挽歌。題詞の「泣血哀慟」は印象的なことばだが、これは血の涙を流さんばかりに嘆き悲しむことを表わしている。

挽歌というものは、人の死を受けて、後に残された者が死者のことを回想しつつ偲《しの》び悲しむものだといっていいだろう。事実、これまでに取りあげてきた人麻呂の挽歌も、なにかしら、死者生前の事蹟《じせき》を回想して、哀悼するものばかりであった。しかし、この長歌は異なる。叙述の中に、回想的な部分がまったく無いのである。過去の助動詞も、「われ」に妻の死を知らせに来た使者の発言中に「沖つ藻の靡きし妹は黄葉の過ぎて去にき」として存在するだけである。常に現在形で叙述される。しかし、だからといって、場面や時間に全く展開がないわけではない。冒頭は「われ」の自宅、まだ妻の死を知らない時点から始まり、末尾は、妻の死を知った後の軽*の市で終わる。時間や場面は次々に展開していっているのであり、それを常に現在形で物語っ

*軽―奈良県橿原市あたりにあった地名。交通の要衝で、市も設置されていた。

ていくところは、どこか演劇的であるともいえる。

この長歌は、しみじみとした回想による悲しみではなく、愛する人の突然の死を知らされた男の衝撃と、それによる取り乱しようを表現することに主眼を据えている。万葉の挽歌ばかりでなく、哀傷《あいしょう》の和歌の歴史全体から眺めても、きわめて希有《けう》なスタイルの作品である。

この長歌で、愛する人の死を知らされた男は、すぐに妻の宅に駆けつけようとはしない。妻ゆかりの地に行って、かなうはずもない亡き妻の声音や面影を捜し求めるだけである。冒頭の、人目をはばかって妻のところへ出かけるのも控えめにしていたという態度といい、男と死んだ女とは、まだ世間には正式に認められない関係であったようだ。「後も逢はむと……思ひ頼みて」と言うところからすれば、関係を結んでまだ日の浅い間柄だったのだろうか。

なお、「泣血哀慟歌」にはこの後、もう一つの長歌を中心とした歌群が存在する。その第二歌群については、次項で触れることにする。

23

去年《こぞ》見てし秋の月夜は照らせどもあひ見し妹《いも》はいや年さかる

【出典】万葉集・巻二・二一一 ［泣血哀慟歌《きゅうけつあいどうか》］

去年も眺めた秋の月は今年も同じように空を照らしているが、それを共に眺めたわが妻は、いよいよ年月を隔てて遠い存在となりつつあることだ。

【題詞】柿本朝臣人麻呂、妻死《みまか》りし後、泣血哀慟して作れる歌二首、併せて短歌。

この人麻呂の「泣血哀慟歌《きゅうけつあいどうか》」は、二つの歌群から構成されている。前項で取りあげたのは第一歌群の長歌で、ここに掲出したのは、第二歌群の反歌である。妻の死の前年の秋に眺めた月は、いまも去年同様の美しい光を放って空にかかっているが、去年は自分の隣で同じように空を見上げていた妻は、もうこの世にはいない。自然の循環性、永遠性と対比されることで、人事のはかなさが実感されるというモチーフは、「近江荒都歌」（01・02）などにも見えたものである。

仲の良い夫婦が、折々の美景を満喫《まんきつ》して楽しむ姿は、「明日香皇女挽歌《あすかのひめみこばんか》」の回想場面にも見えていた。鑑賞の対照として自然を捉える美意識は、中国の文化の影響を受けて、日本でも七世紀後半のころから流行し始めるらしい。それを実践する夫婦とは、近代的な洗練された存在を思わせる。

この反歌を持つ長歌*の冒頭でも、家の近所を夫婦で共に逍遥《しょうよう》し春の槻《つき》の木の芽ぶきを眺めたことが回想されている。また、妻の死後は、二人の間に儲《もう》けた幼児の世話をしながら、夫婦の寝室であった部屋に閉じこもって、嘆き暮らしているともうたう。妻生前の近代的な生活様式といい、死後の暮らしぶりといい、前項に見た第一長歌からうかがえた、世間の目を気にするあまりなかなか逢えず、訃報《ふほう》に接しても妻の自宅に駆けつけることすらできない関係とは、かなり様子が違う。

人麻呂は、この二つの長歌で、対照的な男女関係における妻の死を描き分けて作品を構成しているようである。ここでも、作品を人麻呂の実人生と直結させて考えることには、慎重であるべきであろう。

＊この反歌を持つ長歌の冒頭
―うつせみと　思ひし時に　たづさへて　わが二人見し　走出の　堤に立てる　槻の　木の　こちごちの枝の　春の葉の　茂きがごとく　思へりし　妹にはあれど……。

24

秋山の　したへる妹《いも》
なよ竹の　とをよる子らは
いかさまに　思ひをれか
たく縄の　長き命を
露こそは　朝《あした》に置きて
夕べには　消ゆといへ
霧こそは　夕べに立ちて
朝《あした》には　失すといへ
梓弓《あづさゆみ》　音聞く吾も
おほに見し　こと悔《くや》しきを
しき妙《たへ》の　手枕《たまくら》巻きて
剣《つるぎ》太刀　身にそへ寝けむ
若草の　その夫《つま》の子は

秋の山が黄葉に色づいたかのようなあの子
しなやかな竹のごとくたおやかなあの子は
いったいなんと思ってか
楮《こうぞ》でなった縄のごとくまだ先が長い命だのに……
露であったなら朝におりて
夕方には消えるというが
霧であったなら夕方に立って
朝には消え去るというが……
彼女のことを噂に聞くばかりの私も
生前、とおり一遍に見ただけだったのが悔《くや》まれるのだから
まして手枕を巻いて
身を寄り添って共寝をしたであろう
その夫は、今ごろは

さぶしみか　思ひて寝らむ
悔しみか　思ひ恋ふらむ
時ならず　過ぎにし子らが
朝露のごと　夕霧のごと

さびしく思ってひとり寝していることであろう
悔やんで思い焦がれていることであろう
時ならず身まかったあの子は
まるで朝露のような、夕霧のような……。

【出典】万葉集・巻二・二一七　―［吉備津采女《きびつのうねめ》挽歌］

【題詞】吉備津采女、死《みまか》りし時、柿本朝臣人麻呂の作れる歌一首、併せて短歌。
【枕詞】○梓弓→音。○しき妙の→手枕。○剣太刀→身。○若草の→妻（夫）。

吉備津采女《きびつのうねめ》と呼ばれる采女への挽歌であるが、この采女は、この長歌に付属する二首の反歌のうちの一首めに、

楽浪《さざなみ》の滋賀津《しがつ》の子らがまかり道《ぢ》の川瀬の道を見ればさぶしも
（さざなみの滋賀津の子である吉備津の采女が身まかって行った川瀬への道を目にすると、切ない気持ちになることだ。）

とあることから、入水《じゅすい》自殺を遂げたものと考えられている。采女とは、各地の有力な氏族から出仕し、天皇の身辺の世話をする女性。出仕中、天皇以外の男と関係を持つことは禁じられていた。天皇が独占する女性であるはずの采女だが、この歌に「夫の子」がいるとされていることから、禁断とされて

いる天皇以外の男性との密通が露見《ろけん》したことが、采女の入水の原因かとする説が有力である。また、『大和物語』などに記される猿沢《さるさわ》の池の采女入水説話（本書41参照）のように、天皇の寵愛《ちょうあい》を得られぬまま、他の男の妻になったもと采女が、天皇への思いを断ち切れず入水した、といった物語を背景に考える説もある。

大意に「……」で示したように、ところどころ文章が言いさしたまま途切れるような箇所がある。これは人麻呂の長歌にあって、珍しい口ぶりだと思う。いずれも、突然みずから命を絶《た》った采女への悔恨《かいこん》の情をにじませるような余韻《よいん》を有する。はかなく逝った采女を、朝露のようだというのは、漢土の楽府《がふ》詩「薤露行《かいろこう》」の発想によると思われる。「薤露行」は、古くよりうたわれた葬送の歌謡で、次のような歌詞であった。

　*薤上ノ露　何ゾ晞《かは》キ易キ　露ハ晞クモ明朝更ニ復タ落ツ
　人ハ死シテ一タビ去レバ何レノ時ニカ帰ラン

「薤露行」は、「朝露行」と呼ばれることもあり、朝露のはかなさに人の寿命のはかなさを重ねる発想の、いわば原点に位置する。それと夕霧を対偶《たいぐう》させ、同様にはかないものとするのは、人麻呂の独創である。

＊薤上ノ露……——ニラの葉の上の露は、どうしてすぐに乾いてしまうのか。露は乾いて消えても、翌朝また降りる。しかし、人はひとたび死んでしまえば、いったいいつまた帰ってくるというのだろう。けっして生き返

ることはないのだ。

第一反歌で、吉備津采女のことを「滋賀津の子」と呼んでいることはすでにみたとおりであるが、第二反歌では、同じ采女を「大津の子」と呼ぶ。

そら数ふ大津の子が会ひし日におほに見しくは今ぞくやしき

（大津の子である吉備津の采女と会った日に、ひととおりの気持ちで見ただけだったのは、今では悔やまれることだ。）

いうまでもなく「滋賀」「大津」は、近江国の地名である。采女のはかない死を、朝露や夕霧に重ねて捉えるのも水のイメージの強調であり、琵琶湖湖畔の近江国に関わるものと考えることができる。近江国を水のイメージで捉えることは、「近江荒都歌」の長歌（01）にもみることができた。この采女の悲劇は、人麻呂の生きた現在の出来事を詠《よ》んだのではなく、近江国に大津宮が営まれた、天智朝の出来事を題材にしているようである。長歌末尾が七音句を三回繰り返す形式になっているのも、古い歌謡の形式を装っているようだ。

25

玉藻《たまも》よし　讃岐《さぬき》の国は
国からか　見れども飽《あ》かぬ
神からか　ここだ貴《たふと》き
天地《あめつち》　日月とともに
足りゆかむ　神のみ面《おも》に
つぎ来たる　中の水門《みなと》ゆ
船浮けて　わが漕ぎ来れば
時つ風　雲居《くもゐ》に吹くに
沖見れば　とゐ波立ち
辺《へ》見れば　白波さわく
鯨魚《いさな》とり　海を恐《かしこ》み
行く船の　梶《かぢ》ひき折りて
をちこちの　島は多けど

この讃岐の国は
国柄ゆえか、いくら見ても見飽きない。
神柄ゆえか、これほどにまで貴いことだ。
天地、日月とともに
永遠に充足し続けることであろう神のお顔として
古くから存続してきた中の海峡を通って
船を浮かべて私が漕ぎ来たところ、
定時に吹き来る風が雲のかなたを吹き渡り
沖の方を見るとうねり波が立ち
海岸近くでは白波がざわめく。
そんな海を恐れて
前進する船の櫂《かい》も折れんばかりに漕ぎ急いで、
周辺の島は多くある中で

なぐはし　狭岑《さみね》の島の
荒磯面《ありそも》に　廬《いほ》りて見れば
波の音の　しげき浜辺を
しき妙《たへ》の　枕になして
荒床《あらとこ》に　ころ伏す君が
家知らば　行きても告げむ
妻知らば　来《き》も問はましを
玉鉾《たまほこ》の　道だに知らず
待ちか恋ふらむ
はしき妻らは

名高き狭岑島の
荒磯のほとりに小屋をかけて籠って眺めてみると、
波音がさかんにする浜辺を
枕にして
荒々しい地面に横たわる君がいる。
その君の家を知っていれば訪ねて告げもしように、
君の妻がこのことを知ったなら訪ねて来もしように。
しかしここへの道さえ分からず
今ごろ君の帰りをひたすら待ち焦がれているのであろう、
いとおしい君の妻は。

【出典】万葉集・巻二・二二〇―［狭岑島《さみねじま》石中《せきちゅう》死人歌《しにんか》］
【題詞】讃岐の狭岑《さみね》の島にて石《いは》の中《なか》の死せる人を見て、

瀬戸内海に浮かぶ狭岑島で、旅に行き倒れた死者を目撃して詠んだ歌である。狭岑島は、現在の香川県坂出市に属した沙弥島《しゃみじま》のことで、近年は埋め立てのため陸続きになっている。

　先に見た「石見《いわみ》相聞歌」（15・16）の条では、人麻呂の時代に本格化する中央からの地方官派遣という事態が、新たな男女間の悲劇を生んだことを述べた。悲劇は、中央官人の地方派遣にばかり伴っていたわけではない。税の貢納《こうのう》や賦役《ふえき》への従事のために、地方の人々が中央へ旅する必要も生じ、それに伴う数々の悲劇も出来《しゅったい》することとなった。税の貢納や賦役への従事という公的旅行であっても、多くの場合、自力による行旅《こうりょ》が求められたようで、往復の途中、不慮《ふりょ》の事態によって行き倒れになる人々は少なくなかったようである。このような行旅死人への対応は、中央集権国家をめざす王権にとっては、やっかいな問題であったようで、『日本書紀』によれば、孝徳《こうとく》朝の大化二年（六四六）三月に出された詔《みことのり》で、使役からの帰途に行き倒れて死亡した者の遺体に、適切な処置がなされるべきことを指示するのをはじめとし、以後、たびたび関連する法令が出されている。

　この作品で、狭岑島の浜辺に行き倒れていた人物が、中央出身者か地方出身者かにわかに判断できないが、いずれにせよ、中央集権体制下で、長距離の旅行を強いられた人物であったことは間違いないだろう。「家知らば　行

柿本朝臣人麻呂の作れる歌一首、併せて短歌。

【枕詞】○玉藻よし↓讃岐。○鯨魚とり↓海。○しき妙の↓枕。○玉鉾の↓道。

きても告げむ」とあるので、作者にとって未知の人物であることが明らかだが、行き倒れたまま放置されているのは、そもそもその土地に無縁の人物であったためであろう。これもまた、時の話題のひとつで、人麻呂はそれを巧《たく》みに作品化している。

冒頭の充足した神話的舞台描写によって、理想的な土地での快適な船旅を描くが、その中で、一転悪天候に見舞われ、待避場所で思わぬ悲劇的な場面を目撃することになるというこの歌の設定は、前後の落差が激しいだけに、行旅死人を発見してしまった衝撃が強烈に印象的である。

後出の「臨死《りんし》自傷歌《じしょうか》」（27）によれば、人麻呂自身が、最期は行旅死人になったことになっている。そこでは、臨終の人麻呂が、自分の帰りを待つ妻のことを思いやっている。この「狭岑島石中死人歌」長歌の末尾で、夫の死を知らずに帰りを待ち続ける妻へと思いを馳《は》せるのと軌を一にする。

26

山の際《ま》ゆ出雲の子らは霧なれや吉野の山の嶺にたなびく

【出典】万葉集・巻三・四二九―［出雲娘子《いづものをとめ》挽歌］

山の際から立ち上る雲ではないが、出雲娘子は霧なのだろうか。吉野の山の嶺にたなびいていることだ。

『続日本紀《しょくにほんぎ》』によると、日本における火葬の嚆矢《こうし》は、文武《もんむ》四年（七〇〇）に没した僧道昭《どうしょう》であった。その後、政府によって奨励《しょうれい》されたこともあってか、火葬の風習は、急速に一般化したようで、大宝二年（七〇二）の年末に崩じた持統《じとう》上皇も火葬されている。道昭の没年の時点で、人麻呂としてはその作歌活動の末期に相当しているが、右の一首は、そうした最新の風習である火葬を早くも取りあげていることになる。このあたりにも、時の話題をいち早く

【題詞】溺死せる出雲娘子、吉野に火葬する時、柿本朝臣人麻呂の作れる歌二首。
【枕詞】○山の際ゆ→出雲。
＊道昭―飛鳥時代の僧。六五三年唐に渡り、帰国後、寺院の創建や社会事業に従事した（六二九―七〇〇）。

取りあげて作品化する、一種の風俗作家としての人麻呂の活動をよくうかがわせている。このような作品をとおして、火葬の風習の一般への浸透・普及が図られた面も、おそらくあったであろう。

火葬の煙が峰にたなびくさまを、出雲娘子《おとめ》は霧なのか、と言うのは、ついこの間まで実体をもって生活していた娘子が、はかなくも霧のごとき煙と化してしまったことを捉えて、その死を憐《あわ》れんでいるのである。初句は枕 詞《まくらことば》として理解することができるが、そこにはもちろん、山際から雲のごとく立ち上る火葬の煙そのものへの重ね合わせがはたらいている。

二首一組として掲載されるこの歌の二首めは、

八雲さす出雲の子らが黒髪は吉野の川の沖になづさふ（四三〇）

（出雲娘子の黒髪は、吉野川のかなたの水面にただよっていることだ）

というもの。山際に立ち上る霧と化した娘子を詠《よ》む一首めに対し、こちらは題詞に示される娘子の死因である溺死《できし》を踏まえ、川面《かわも》に娘子の黒髪がたなびくさまを幻視して詠んでいる。

27

鴨山《かもやま》の岩根しまける吾《われ》をかも知らにと妹《いも》が待ちつつあるらむ

【出典】万葉集・巻二・二二三［臨死自傷歌《りんしじしょうか》］

鴨山の岩を枕に横たわっている私のことを、そうとも知らないで妻は待ち続けていることであろうか。

人麻呂の辞世《じせい》歌とみられるもの。

山の岩を枕に横たわっているとは、行旅中の行き倒れの姿にほかならない。人麻呂が行旅死人を題材に取りあげた作品として、「狭岑島石中死人歌」(25)をすでに取りあげたが、その他にも、香具山の行き倒れ死者を見た作(巻三・四二六)がある。その人麻呂が、右の歌によれば、みずから行旅死人として死んでいったということになる。

【題詞】柿本朝臣人麻呂、石《いは》見《み》の国に在《あ》りて死らむとする時、自ら傷《いた》みて作れる歌一首。

【語釈】○鴨山―所在未詳。題詞に即せば石見国の山と考えられる。

＊都合五首―解説中に触れる妻の歌二首以外に次の二首

この一首には、その妻の依羅娘子《よさみのおとめ》や丹比真人《たじひのまひと》某による作が付随《ふずい》し、「或《あ》る本の歌」を含め、*都合五首の歌群をなす。臨死の人麻呂は、なにも知らずにいる故郷の妻を思うが、その妻はまた、旅先の夫の死を知って、まだ行き倒れたままになっている夫の姿を思いやる内容の次の二首を詠んでいる。

　*今日今日とわが待つ君は石川の貝に混じりてありといはずやも
　*ただの逢ひは逢ひかつましじ石川に雲立ちわたれ見つつ偲《しの》はむ

　ここに見える石川の地名は、作者の名が依羅娘子であることと合わせ考えると、石見国というよりもむしろ河内国のそれを想起させる。依羅は、河内国丹比郡の郷名で、現在の大阪府堺市の大和川流域。石川はその大和川の一支流で、周辺の郡名でもあった。大和から石川に向かう街道には水越《みずこし》峠から水越川沿いにくだる道筋があるが、その水越峠は、葛城《かつらぎ》山の麓に位置する。葛城山は鴨大神が鎮座《ちんざ》する山で、鴨山と呼びうる山であった。鴨や鴛《おしどり》などの水鳥は、夫婦仲のよいものとされ、妻を思いつつ男が死んでいく場にふさわしい地名として、鴨山があえて選択され、大和近隣で同名を有する山に近接する石川とも、この歌の舞台に設定されたのではあるまいか。後に先に見た「石見相聞歌」から、人麻呂の死も石見とする理解が生じたのかもしれない。

があある。前者は人麻呂の身になって、後者は妻の立場に立ってうたっている。
荒波に寄りくる玉を枕に置き我ここにありと誰か告げなむ（巻二・二二六・丹比真人）
天ざかる鄙の荒野に君をおきて思ひつつあれば生けるともなし（同・二二七・或る本の歌）

*今日今日とわが待つ…—巻二・二二四・依羅娘子。今日か今日かと私が帰りを待っているあなたさまは、石川の貝にまみれていらっしゃるというのでしょうか。

*ただの逢ひは逢ひかつましじ…—巻二・二二五・同。じかに逢うのはもう難しいでしょう。石川から雲よ立ち昇っておくれ。それを眺めながらあなたを偲ぶことにしよう。

28

天《あめ》の海に雲の波たち月の船星の林に漕ぎ隠る見ゆ

【出典】万葉集・巻七・一〇六八

空の海に雲の波が立って、月の船が星の林の陰に漕ぎ隠れていくのが見える。

この歌から『人麻呂歌集』の歌に入る。『万葉集』巻七には、雑歌《ぞうか》・譬喩歌《ひゆか》・挽歌の三部立《ぶだて》のもとに、三百五十首ばかりの和歌が収録されていて、原則として、作者不明の詠ばかりが集められている。『人麻呂歌集』から採《と》られた歌は、そのような作者不明の歌群にまじって掲載されることが多い。厳密には人麻呂の作だとは言い切れない歌がまじっている。

巻七は作者不明歌がほとんどなので、それぞれの部立の中では、作品の素材となっている事柄別に下位分類が施され、たとえば雑歌内では、「詠雲」「詠山」「詠露」といった型式の標題が掲げられ、一種の類題《るいだい》歌集の体裁をなしている。掲出の一首は、巻七・雑歌の巻頭を飾る歌で、標題には「詠天」とある。

天上世界の雲・月・星を詠みこんでいるが、実際に見えている光景を描写するのではなく、天上世界を海に見立ててどう捉えるかという、趣向本位の作品である。見立てが盛り沢山で、いささかゴテゴテしすぎている嫌いがないではないが、ファンタジックなイメージ世界の描出《びょうしゅつ》という点ではそれなりに成功しているといえる。

特定の物を題として、さまざまな*見立《みた》てなどを駆使《くし》して表現するのは、中国の六朝《りくちょう》の頃に流行した、詠物詩《えいぶつし》の影響を強く受けていると考えられる。ただ、個々の見立て方については、月を船に見立てることは、中国の漢詩に用例が見つけにくい。これに対し、*『懐風藻《かいふうそう》』所載の「詠月」という文武天*皇作の漢詩には同様の発想が認められ、そこに日本でのオリジナリティを指摘する見方もある。

*見立て―事物を別のものになぞらえて表現する技法。
*懐風藻―現存最古の日本漢詩集。七五一年成立。
*文武天皇作の漢詩―冒頭に「月舟霧渚ニ移リ、楓檝霞浜ニ泛カブ」とあり、月を霧中に浮く船に見立てている。

29

穴師川《あなしがは》川浪たちぬ巻向《まきむく》の弓月《ゆつき》が岳《たけ》に雲ゐ立てるらし

【出典】万葉集・巻七・一〇八七

穴師川の川浪が立った。巻向の弓月岳には雲が立ち上っていることだろう。

【語釈】○穴師川―奈良県桜井市大字穴師付近を流れる川。○巻向の弓月が岳―穴師川上流の巻向山中の一峰。

巻七の雑歌の「詠雲」という標題の下に収められる歌。この標題下には、連続してもう一首、『人麻呂歌集』から採られた左の歌が掲載されている。

あしひきの山川《やまがわ》の瀬の鳴るなへに弓月が岳に雲立ちわたる*

いずれも、普段よりも波が立ち、瀬音が激しくなるという渓流の流れの変化と、弓月岳に雲が湧き起こるという現象とを関連づけて捉えている点で共通する。

*あしひきの山川の…―巻七・一〇八八。山中の川の流れが音を高めるととも

この二首について*斎藤茂吉《もきち》は、「単純な内容をば、荘重な響きをもって統一している点は実に驚くべき」とか、「写生の極地ともいうべき優れた歌」と賞賛している（『万葉秀歌』岩波新書）。ただ、巻向は三輪山の付近なので、人麻呂らにとっては地元同然であり、特定の季節と結びついているわけでもなく、旅先で詠んだ歌でもないこうした歌を、単なる写生とか叙景の歌と考えてすませてしまうことは難かしい。巻向付近の*国見《くにみ》儀礼にかかわらせて捉える見方もある。弓月岳に雲が立ちのぼる光景に注目するのは、やがて降るであろうめぐみの雨を予祝《よしゅく》していると考えるのである。

ただ、当該歌のような、眼前の光景を根拠として、遠くの見えない光景を推定するという型式は、後掲する一八一二番歌（33）などの季節詠にも認められるところで、*後世にも継承されていく。これら『人麻呂歌集』の作品などを通して、季節詠や叙景歌という型式そのものが確立していくことも間違いないことと思われる。右の「あしひきの山川」のような「なへに」で二つの景を並立的に描写する型式も、季節詠の典型として*確認できる。

に、弓月が岳に雲が湧き立ちのぼってきた。

*斎藤茂吉―二十世紀前半を代表する歌人。著書『万葉秀歌』は、近代の万葉歌普及に貢献した（一八八二―一九五三）。

*国見儀礼―本書03参照。

*後世にも継承されていく―古今集・秋上・二一八・敏行「秋萩の花咲きにけり高砂の尾上の鹿は今や鳴くらむ」、同・冬・三二五・是則「み吉野は山の白雪積もるらし古里寒くなりまさるなり」など。

*確認できる―巻九・一七〇〇「秋風に山吹の瀬の鳴るなへに天雲かける雁に逢へるかも」など。

30

わたつみの持てる白玉見まくほり千度《ちたび》ぞ告《の》りし潜《かづ》きする海人《あま》

【出典】万葉集・巻七・一三〇二

海神が手に持っている真珠を見ようと思って、なんべんも呪文を唱えたことだ。海にもぐる海人は。

【語釈】○わたつみの―海原を意味することもあるが、ここは海神という意味。○見まくほり―見ることを欲して。○告り―「のる」は告げる、宣言する意。

巻七の譬喩歌《ひゆか》に載る一首。譬喩歌では下位分類の標題を「寄草」「寄獣」のように記す。右の歌は「寄玉」という題のもとに分類されているもの。

譬喩歌とは、文字どおり譬喩（比喩）によって成り立つ歌であるが、比喩の中でも隠喩《いんゆ》に相当する表現を主としている。「あなたは僕にとって太陽みたいな人だ」と言えば、直喩《ちよくゆ》という種類の比喩表現であり、「あなたは僕の太陽だ」とストレートに言えば隠喩となる。直接には比喩表現の体裁をとらないのに、表面上の事柄が、なんらかの別の事柄の比喩や暗示になっているような歌が、譬喩歌ということになる。

掲出の歌も、表面上は潜水漁をする海人の姿を描写したかのような内容だが、つまりは意中の相手との恋愛を成就させようと、奮闘努力する男の姿をうたったものと理解できる。譬喩歌のほとんどは、このように主題的には相《そう》聞《もん》に属するものである。白玉（真珠）は意中の女性を譬えたものであるが、それを「わたつみの持てる」とするのは、その女性が親の監視下にあることを言ったものかと思われる。万葉の相聞歌では、思いどおりの交際を阻《はば》む障害として、親の監視の目を恐れる歌は多い。

この歌、海人に譬《たと》えられる男自身の詠とも取れるし、そんな男の姿を傍観している第三者の立場での詠とも取れ、注釈書類でも見解が分かれるところ。男自身の詠とすれば、親の監視が厳しい相手となんとか情を交わそうとして、いろいろと手段を尽くす自身の姿を、まるで呪文を唱えつつ重労働に励む海人の業《わざ》のようだ、と自嘲《じちよう》的にとらえた歌ということになるであろうか。

31

とこしへに夏冬ゆけや裘《かはごろも》扇はなたぬ山に住む人

【出典】万葉集・巻九・一六八二

―永遠に夏と冬とが続いているのだろうか。冬の皮衣と夏の扇を常に身につけて放さない山に住む人よ。―

『人麻呂歌集』の歌は、『万葉集』では作者不明の歌に準じて収録されることが多いが、巻九に収められる『人麻呂歌集』出典の歌には、簡略ながらも題詞を伴うものが多くある。右に掲出した一首にも題詞が記され、なかなか興味深い情報を与えてくれている。

天武天皇の皇子の一人＊忍壁皇子《おさかべのみこ》に献呈されたもので、「仙人の形《かた》」を詠んだという。仙人の画像を見て詠んだものだが、絵画を見て詠んだことが明示

【題詞】忍壁皇子《おさかべのみこ》に献れる歌一首、仙人の形を詠めり。

＊忍壁皇子―天武天皇の皇子（？―七〇五）。

される作は、『万葉集』ではこの歌しかない。漢籍においては、神仙思想《*しんせんしそう》は頻繁《ひんぱん》に話題になる事柄であり、『懐風藻』所収の持統朝ごろになったと思《おぼ》しい漢詩にも、仙人譚《せんにんたん》を典拠とする表現が確認できる。神仙思想の中にあっては、仙人は憧れや尊敬の対象として存在しているのであろうが、この歌では、皮衣に団扇《うちわ》を持った面妖《めんよう》なその姿を、まるで夏と冬を同時に過ごしているようだ、と言っておどけてみせている。人麻呂が神仙思想に対してそのような態度で接していたというよりは、この歌が披露《ひろう》された場が、そのような笑いを欲する場であったのであろう。気のおけない仲間同士の宴席などで詠まれたものであろうか。

献呈の対象となっている忍壁皇子は、明日香皇女の夫で、本書でも取りあげた「明日香皇女挽歌」(20)の中で、亡き皇女を偲ぶ皇子の姿がうたわれていた。また巻二・一九四、五の「川島皇子《かわしまのみこ》葬歌」は、川島皇子の妻の泊《はっ》瀬部皇女《せべのひめみこ》とその同母兄の忍壁皇子とに献呈されたものである。このように、忍壁皇子は人麻呂作品にかかわってしばしば名がみえており、人麻呂の作歌活動において、少なからぬ影響力を有した人物であったようである。

*神仙思想—心身の鍛練や薬の服用で不老長寿を得ようとする、古代中国に発生した神秘思想。

32

黄葉《もみちば》の過ぎにし子らと携《たづさ》はり遊びし磯を見れば悲しも

【出典】万葉集・巻九・一七九六

黄葉が散っていくようにあの世へ逝《い》ってしまった愛しの人とかつて手を取り合って逍遙した磯辺を見ると悲しいことよ。

【題詞】紀伊国にて作れる歌四首。

巻九の挽歌に『人麻呂歌集』の歌として収録される、四首の歌群の冒頭の一首である。

題詞では紀伊の国で詠作した旨を述べるのみであるが、作品の内容からすると、亡き妻を偲んだ挽歌であることが察せられる。かつて二人揃って訪れたことがあった地に、いま再び独りでやって来ての感慨をうたったもの。黄葉が散るさまを、大切な人がはかなく逝ってしまったことに重ねるこのイメージは、本書でもすでに取りあげた「安騎野遊猟歌」(05)や、「泣血哀慟歌」(22)にも認められ、人麻呂の作品には繰り返しみえている。また、男女が手を取り合って逍遙《しょうよう》する姿も、「明日香皇女挽歌」の長歌(20)や、「泣血哀慟歌」の第二長歌の「或る本の歌」(巻二・二一三)の冒頭に描かれていた。男女が仲良く手を取り合って野外を逍遙《しょうよう》する姿などというものは、日本の古典文学の中では希有《けう》な情景のように思える。しかし、人麻呂は好んで取りあげており、これを明日香・藤原京時代の開明的な男女のあり方を象徴する姿と捉えている向きもある。

この「黄葉の」の歌に続く第二首めは、次の歌である。

　*潮気《しほけ》たつ荒磯《ありそ》にはあれど行く水の過ぎにし妹《いも》が形見とぞ来《こ》し

この歌は、「安騎野遊猟歌」第二反歌(05で既述)の

　ま草刈る荒野にはあれど黄葉の過ぎにし君が形見とぞ来し

と非常によく似ており、掲出歌の「黄葉の過ぎにし」の表現の共通を含めて、「安騎野遊猟歌」と当該歌群との制作の前後関係がしばしば話題になっているが、決定的な判断根拠に欠けるというほかはない。

*潮気たつ荒磯にはあれど…—巻九・一七九七。磯の香のする荒磯ではあるけれど、流れ行く水のごとく身まかっていった妻を偲ぶよすがとしてまたやってきたのだ。

33

ひさかたの天《あめ》の香具山この夕べ霞たなびく春立つらしも

【出典】万葉集・巻十・一八一二

あの天の香具山は、今宵、霞がたなびいている。どうやら春になったようだよ。

『万葉集』巻十の巻頭を飾る一首。香具山《かぐやま》に霞が立つのを見て、春の到来を確信する心を詠んでいる。「らし」は、推定の助動詞であるが、上代にあっては、確信の度合いが強い場合に用いられるとみられている。あえてそのニュアンスを入れて大意をとれば、「春になったに違いない」とでも訳してよい言い回しである。推量の助動詞「む」や「らむ」とは明らかに異なるのである。

【枕詞】○ひさかたの—天。

後世、『百人一首』*に採られて有名になった持統天皇の歌

春過ぎて夏来たるらし白妙の衣ほしたり天の香具山*

も、夏の到来《とうらい》を「らし」を使って確信しているもので、香具山周辺の光景にその根拠を求めていることを含め、『人麻呂歌集』のこの歌と共通する。香具山は、天武・持統朝に宮廷が置かれた明日香浄御原宮のほぼ真北に位置し、そのころ特に神聖な山として意識されていたようである。舒明《じょめい》天皇以来、明日香に宮を営んだ代々の天皇は、呼び方は異ってもだいたい同じ地域に宮を置いたようなので、香具山を神聖視《しんせいし》する考え方は、七世紀前半以来のことであったと思われる。

『万葉集』巻十は四季の分類がなされ、四季それぞれをさらに雑歌と相聞《そうもん》に分類している。巻八も同様の分類がなされているが、巻八が作者判明歌を掲載するのに対し、巻十は作者未詳歌のみを掲載した巻である。その中で、夏の雑歌、相聞を除く各部立では、冒頭に必ず『人麻呂歌集』の歌がまとめて掲載されている。『人麻呂歌集』歌を作者未詳歌と等しく扱いつつも、必ず部立の冒頭に掲載するというのは、『万葉集』の他の巻にも認められる傾向で、『万葉集』編者の、人麻呂を尊重する意識をうかがうことができる。

＊百人一首―藤原定家によって鎌倉時代の初期に成立した名歌選。古今百人の歌人の作を一首ずつ選ぶ。

＊春過ぎて…―万葉集・巻一・二八・持統天皇。

34

天の川去年《こぞ》の渡りで移ろへば川瀬を踏むに夜《よ》ぞ更けにける

【出典】万葉集・巻十・二〇一八

天の川は、去年の渡り場がすっかり様子が変わってしまったので、浅瀬を選んで渡っているうちに、夜が更けてしまった。

『万葉集』巻十の秋の雑歌には、まず七夕《たなばた》の歌がまとめて掲載される。『人麻呂歌集』の歌だけで三十八首、それ以外にも六十首が載《の》る。人麻呂が活躍した七世紀後半からその後の八世紀にかけて、七夕は日本の宮廷社会に広く受容されたようだ。もちろん、七夕は漢土伝来の行事で、おなじみの牽牛《けんぎゅう》織女《しょくじょ》のロマンスが由来として伝わる。漢詩では、本場中国ではもちろん、日本でも『懐風藻』に七夕詩が多く収録される人気の題材だった。それらを受けて、和歌でも七夕を題材にした詠作が試みられたのであろう。

しかしそこに展開する世界は、本来の七夕の物語とは一風趣《おもむき》が変わったものであった。漢詩文では、織女が豪華な乗り物に乗って堂々と天の川を渡るのに対して、和歌では、ほとんどが牽牛の方から天の川を船ないし徒歩で渡ってくるものになっている。この二星の逢瀬《おうせ》は、日本の通《*かよ》い婚《こん》の風習に基づく地上の男女の営みのごとく描かれたためで、かつ細部はかなり自由に空想されている。右の一首が、牽牛の立場になって、昨年とは川の流れの様子が変わってしまっていて、徒歩で浅瀬を渡ろうにもうまく渡れずに困惑しているさまを詠《よ》んでいるのも、もちろん、本来の伝説にはない設定を、勝手に空想しているのである。年に一夜限りと決められた晩に、とんだハプニングで貴重な時間が失われていくのは、牽牛本人からすれば悲劇である。しかし、元来の物語にはないそんな場面を想像してこのような歌を作っていることからは、二星逢会《にせいほうかい》の物語を、卑近な男女の情事の諸相に思いきり引きつけて、親しみをこめて享受していた様子がおもいやられて楽しい。

＊通い婚―38参照。

35

愛《うつ》くしとわが思ふ妹《いも》ははやも死なぬか
生《い》けりとも我《わ》に寄るべしと人の言はなくに

【出典】万葉集・巻十一・二三五五

愛しいと私が思うあの子は、早く死にはしないかなぁ。生きていたとしても、私に靡くだろうと人が言ったりしないことだから。

『万葉集』巻十一の冒頭には、『人麻呂歌集』の旋頭歌《せどうか》が十二首まとめて配列されている。これもその一首。旋頭歌とは、五七七・五七七の六句体の歌。旋頭歌をまとめて掲載するのは巻七にも見られるが、そこに集められている旋頭歌と巻十一の旋頭歌群とでは、内容の傾向におのずから違いが認められる。巻七の方は、耕作や草刈りなど屋外的、労働歌的な性格がうかがわれるものが多い。これに対し、巻十一には内省的、純抒情歌的な作品が多いといわれる。この枠組に収まらないものも双方に多少存在するけれど、この傾向の違いは、巻七の旋頭歌が雑歌に引き続いて掲載されるのに対し、巻十一の方は巻十二と並んで、目録がいう「*古今相聞往来《こきんそうもんおうらい》」の歌を集めた巻であることにもよろう。

右にあげた一首は、望みのない恋愛に対して、自爆気味になっている心境から詠んだもので、きわめて異色な歌である。その点では内省《ないせい》から出ているともいえるわけであるが、ただし、こんな希望のない恋だったら、自分に一向に振り向いてくれない相手の女が、いっそ死んでしまえばよいというのは、なんとも極端で意表を突くものである。相手の女に悪態をついていると考えることもできるが、意表を突く言い方で周囲の笑いを誘おうとしているとみた方がよかろう。恋愛の当事者同士で交わされた詠というよりは、集団的な享受のあり方を想像させる作品である。

旋頭歌という形式を、かつてのように、短歌形成以前の古い形式の歌と考えることは現在では否定的に捉える傾向が強いが、その抒情性のあり方に集団性といったものが垣間《かいま》みえることは少なくない。

*古今相聞往来―「相聞」と「往来」はほぼ同意の漢語。「古今相聞往来」で古今の相聞の意。

36

白妙《しろたへ》の袖をはつはつ見しからにかかる恋をも我はするかも

【出典】万葉集・巻十一・二四一一

真っ白な袖をちょっと見たばっかりに、これほどにも激しい恋を私はすることであるよ。

『万葉集』巻十一・十二の二巻は、いずれも相聞歌を中心に構成されている。部立《ぶだて》はいくつかに分かれるが、「正述心緒《*せいじゅつしんしょ》」と「寄物陳思《*きぶつちんし》」の二つが大きな柱をなしている。右に挙げたのは「正述心緒」の一首で、その他に『人麻呂歌集』からだけでも四十七首が掲載されている。比喩や序詞を用いずに、恋の思いを直接に表出するのが「正述心緒」である。

何かの折に、袖をちらっと見ただけの相手に恋をしてしまった、という。

*正述心緒―「正《まさ》しく心緒を述ぶ」と訓読できる。
*寄物陳思―「物に寄せて思いを陳《の》ぶ」と訓読できる。

衣服の一部を見たという、たったそれだけの、出会いともいえないような出会いであったにもかかわらず、強い恋慕《れんぼ》の情に囚《とら》われてしまったことを、自分自身でも意外に感じて詠嘆《えいたん》している風情である。まだ直接の面識がない女に対して、はじめて交際を持ちかけているのだろう。

『古今和歌集』の恋歌は、恋愛の展開の順序に沿って和歌が配列されるが、その冒頭の一首は、

＊ほととぎす鳴くや五月《さつき》のあやめ草あやめも知らぬ恋もするかな

というもの。これも相手にはじめて贈る歌として相応《ふさわ》しい一首と認識されたために、冒頭に掲載されたのであろう。これと同じ＊「恋もするかな（かも）」を結句に持つ相聞歌、恋歌は多い。掲出した『人麻呂歌集』の歌は、少し変形しているが、同じ類型に属すると考えてよいだろう。

相聞歌は、恋愛の段階に合わせてさまざまなパターンが用意され、実際の男女の意思疎通に利用されたらしい。『人麻呂歌集』の相聞歌は、そのような応用可能な数々のパターンのスタイルブックとして見ることもできるのである。

＊ほととぎす鳴くや……—古今集・恋一・四六九。時鳥が来て鳴く五月のあやめ草ではないが、あやめもわからぬような恋をすることだ。

＊「恋もするかな（かも）」を結句に持つ—巻十一だけでも、他に二六七二・二六七五・二七四六などにみえる。

37

春柳葛城山《かづらきやま》に立つ雲の立ちても居《ゐ》ても妹《いも》をしぞ思ふ

【出典】万葉集・巻十一・二四五三

葛城山に立つ雲ではないが、立っても坐っていてもとにかく彼女のことばかり思っていることよ。

【枕詞】○春柳―かづら。

前項でのべたように、巻十一・十二は「正述心緒」と「寄物陳思」の歌が二本柱となっているが、ここでは「寄物陳思」から一首とりあげてみよう。

初句は枕詞で、春の青柳の枝で作った被《かぶ》り物を蘰《かづら》（髪飾り）とする風習から「葛城」の「かづら」に続けた。続く二・三句が序詞で、「立つ」の同音反復から下句「立ちても」へとつながっていく。初句の枕詞があるおかげで、二・三句の情景も、春の青空を背景としているように印象され、一首全体をさわやかな雰囲気にしたてている。まだ恋愛そのものに馴れていない年頃の、それだけに好きな相手が気になってじっとしていられない様子を髣《ほう》髴《ふつ》とさせる。

この一首、『万葉集』の原文は次のように書かれている。

春楊　葛山　発雲　立座　妹念

わずか十文字で、『万葉集』の一首の歌の表記としては最少の文字数である。このように、付属語や活用語尾の表記を排して、使用する文字数を極端に切りつめたような表記が、『人麻呂歌集』では相聞歌を中心にまとまって認められる。その表記方法は、「略体」とか「詩体」などと呼ばれている。これに対し、付属語の類を比較的丁寧に表記する作も『人麻呂歌集』には認められるが、それらは「非略体」とか「常体」などと呼ばれる。「略体」の多くが相聞歌であるのは、このような極端に省略された表記でも、前項で触れたような類型の存在が、一首の解読《かいどく》の助けになり得ていたことが、その理由のひとつとなっていたであろう。

38

わが背子《せこ》が朝明《あさけ》の姿よく見ずて今日の間《あひだ》を恋ひ暮らすかも

【出典】万葉集・巻十一・二八四一

――私のあの人の今朝の姿をよく見なくて、今日一日の間、ずっと恋い焦がれて続けて暮らしていることだ。――

巻十二の巻頭に配された一首。「正述心緒」の歌である。

古代日本の婚姻形態は、いわゆる通《かよ》い婚《こん》で、男が女の家を夕方に訪れて一晩を過ごし、明け方には帰って行くというものであった。『万葉集』を見ていると、夫婦同居婚も行われていたようであるが、それでも、当時の朝廷の勤務は日の出とともに始まる規則であったので、いずれにせよ、男は夜明け前には女の許から出かけなければならなかった。あわただしく出かけて行ったためか、じっくりとその姿を見送れなかったことが、その後の恋しさを増《ぞう》幅《ふく》させて、日中は恋い焦がれ続けてしまっているのである。その思いを、相手の男に言い送った歌である。

　結句が「恋ひや暮らさむ」とあれば、「恋い焦がれて一日を送ることでしょうか」の意となり、男が立ち去って間もなくに送った体《てい》で、いわゆる後朝《きぬぎぬ》の歌ということになる。しかしここでは「恋ひ暮らすかも」と言っているので、恋い焦《こ》がれながら、もうすでにある程度の時間が過ぎてしまっているのであろう。頃あいを見計らって、女がこのような歌を男の許へ送ったとすれば、「そろそろお出で下さい、待ち焦がれております」というメッセージになるだろう。この頃の朝廷の服務時間は正午ごろまでであったが、男は女の許《もと》に夕方になって出かけて行くのが習いであった。

『人麻呂歌集』には、このように女の立場に立って詠む例も少なくない。

　　君が目の*見まくほしけくこの二夜千年《ふたよちとせ》のごとも吾《あ》は恋ふるかも

も、二日間通ってこなかった相手の男を待ち焦がれる女の立場の歌である。いろいろな恋の段階の、さまざまな立場の、さまざまな思いを伝える詠が集められていたものと思われる。

*君が目の―巻十一・二三八一。

39

葦原《あしはら》の　瑞穂《みづほ》の国は
神《かむ》ながら　言挙《ことあ》げせぬ国
しかれども　言挙げぞ吾《あ》がする
事幸《さき》く　ま幸《さき》くませと
つつみなく　幸《さき》くいまさば
荒磯波《ありそなみ》　ありても見むと
百重波《ももへなみ》　千重《ちへ》波にしき
言挙げす吾《あれ》は
言挙げす吾は

葦原の瑞穂の国は
神の思し召しのままに言挙げしない国。
しかしながら、言挙げを私はあえてする。
万事ご無事で、まったくご無事で
つつがなくご無事でいらっしゃれば、
変わらず再会できるだろうと、
百重千重に寄せる波のごとくしきりに
言挙げをする、私は。
言挙げをするのだ、私は。

【出典】万葉集・巻十三・三二五三―［言挙作歌］

「葦原の瑞穂の国」とは日本のこと。日本とはこういう国だ、というこの言い方から、これは遣外使節《けんがいしせつ》に対して送った歌なのではないかという見方が有力である。この時代の遣外使節の代表は遣唐使《けんとうし》であるが、この歌を送る相

【題詞】柿本朝臣人麻呂歌集の歌に曰《いは》く。
【枕詞】○荒磯波→あり。
【語釈】○言挙げ―何かを口

手は遣新羅使であった可能性もある。

日本では「言挙げ」をしないのが習いだ、とまず言う。『古事記』の倭《やまと》建《たけるのみこと》命の逸話にも、命《みこと》が伊吹山で神を見くびるような言挙げをしたために、窮地に陥ったとする話があり、重大な局面で不用意な発言を戒《いまし》める考えが古くから存したようである。しかし、本歌はそうした戒めに反してまで発言せずにはいられないと言う。言っていることは「どうぞお元気で、無事に帰って来て下さい」というごく当たり前の事柄なのだが、古来の戒めを破ってまで言わずにいられない、というところに、事の深刻さが籠もっている。しかし、それを言いっ放しでは、禁忌《きんき》を破った不安だけが残るが、その不安をぬぐってプラスに転じようとするのが、これに付随する次の反歌である。

敷島《しきしま》の大和の国は言霊《ことだま》の助くる国ぞま幸《さき》くありこそ

この敷島の大和の国は言霊が加護する国ですから、どうぞお変わりなくお元気で――、つまり、あえて言挙げをするといいながら、その一方でこの大和は古来、言霊の加護も期待できる国でもある、自分の発言はその言霊を発動させる振るまいなのだ、と言って、その不安を解消し、相手への寿《ことほ》ぎとしているのである。

に出して宣言すること。

＊倭建命―『古事記』景行天皇条に、皇子の活躍する説話を数多く掲載している。

＊敷島の大和の国は言霊の…―巻十三・三二五四。「言霊」とは、言葉には霊力があって物事を実現する力があるとする古代的な信仰を指す。

40

ほのぼのと明石《あかし》の浦の朝霧に島隠れゆく船をしぞ思ふ

【出典】古今集・巻九・羇旅・四〇九

――ぼんやりと薄明るい明石の浦の朝霧の中に、島陰に隠れていった船のことを思いやることだ。――

厳密にいうと、「題知らず」の「読人知らず」として載る歌である。ただ『古今集』の左注に「この歌は、ある人のいはく、柿本人麻呂がなり」とあり、後世、人麻呂の歌として受容されることになった。『古今集』以後の人々にとって、人麻呂の代表作のように思われた時期が長く続いた。この事情は人麻呂の百人一首歌として知られる「足引きの山鳥の尾のしだり尾の長々し夜をひとりかも寝む」に似て*いる。

*似ている―万葉集・巻十一・二八〇二に作者不明歌として載るものだが、『拾遺集』で人麻呂の歌とされた。

地名「明石」は、夜が明ける意が掛詞《かけことば》になって「ほのぼのと」を受けている。明け方の霧がかかって視界がきかない海峡で、島影に隠れていく沖合の船に、詠者がなにを思ったのか、明示されていないが、おそらく旅行く自分自身の寄る辺なさを、その船影に投影させているのであろう。

『古今集』巻九は羇旅《きりよ》歌を集めているが、この歌のように、心情や主題を明示せず、描かれた情景によって象徴的に暗示させるような詠み方は、他の羇旅歌に類例を見つけにくい。『古今集』全体を見渡しても、巻二十の次の一首が見いだせるくらいである。

*四極山《しはつやま》うち出でて見れば笠縫《かさぬひ》の島漕ぎ隠る棚なし小舟《をぶね》

これは『万葉集』の*高市黒人《たけちのくろひと》の詠として見えるものを元歌としたもの。やはり『古今集』の時代の人にとっては、いささか異質な歌と見えたことだろう。右の伝人麻呂歌の来歴は不明であるが、『古今集』時代の詠みぶりとは異質な一種独特の雰囲気を感じさせ、そこがいかにも古えの歌人人麻呂の歌らしいと受け取られたのであったのだろう。

当該歌が人麻呂の実作である保証は、客観的にはまったく存在しないが、長い和歌の享受史の中では、たしかに人麻呂の詠と考えられて来たのである。

＊四極山うち出でて……―巻二十・大歌所御歌・一〇七三・四極山ぶり。元歌は万葉集・巻三・二七三・高市黒人「四極山うち越え見れば笠縫の島漕ぎ隠る棚なし小舟」。

＊高市黒人―文武朝のころに活躍した歌人。生没年未詳。

41

我妹子《わぎもこ》の寝くたれ髪を猿沢《さるさは》の池の玉藻と見るぞ悲しき

【出典】大和物語・第一五〇段

わが妻の寝乱れ髪を、いま猿沢の池の玉藻として見るのは辛く悲しいことだ。

平安中期に成った歌物語集の『*大和《やまと》物語』に人麻呂の作として掲載されている歌。

奈良の帝《みかど》に仕える美しい采女《うねめ》がいたが、彼女は一途《いちず》に帝を慕《した》い、他の貴公子連中がさまざまに言い寄っても耳をかさなかった。しかし、帝は一度は采女を召したものの、それきり特別な女性とも思わない様子であったので、采女は生きる希望を失って、*猿沢の池に身を投げて死んでしまった。そのこと

＊大和物語―平安時代の物語集。十世紀半ばごろの成立か。

＊猿沢の池―奈良市興福寺近くにある池。

を伝え聞いた帝は、あわれに思い、猿沢の池のほとりに行幸し、人々に歌を詠《よ》ませた、という物語とともに、人麻呂の右の歌と、帝の詠とが掲げられている。人麻呂歌は、帝の立場になって詠まれている。

この奈良の帝については、実在のどの天皇を指すかについてさまざまの議論があるが、その名といい、猿沢の池への行幸といい、平城京の時代の天皇を指すはずで、平城京遷都以前に没したと考えられる人麻呂とは、時代が合わない。しかし、この物語は平安時代以降において、人麻呂をめぐる物語としてよく知られた。

この物語にまつわる右の「我妹子の」の歌を人麻呂の実作と考えることはできないが、采女の入水の話といえば、本書でも取りあげた「吉備津采女挽歌」(24)がモチーフとしていた物語と重なり、また「出雲娘子挽歌」(26)で見た、入水した女性の姿を水中に靡《なび》く川藻に重ねて幻視する歌「八雲さす出雲の子らが黒髪は吉野の川の沖になづさふ」とも同想であり、人麻呂の作品世界と符合する部分が認められる。彼の作歌活動の背景に、これら平安朝の歌物語へとつながるあり方を探ってみることは、今後試みられていいことかもしれない。

歌人略伝

柿本人麻呂の生没年は未詳である。作品の年代から、おおよその活動時期を推定することができる。『万葉集』収録の『柿本朝臣人麻呂歌集』歌のうちの一首（巻十・二〇三三）の左注には、それが「庚辰年」に詠作されたとある。これは天武天皇九年（六八〇）のことと考えられる。人麻呂に関する記録として、具体的な年代が記録されたもっとも古いものである。題詞《だいし》にはっきりと人麻呂作とされる作品で、詠作年代がもっとも古いものは、「草壁皇子挽歌」（19）で、持統《じとう》天皇三年（六八九）に草壁皇子が没したのにともなうものである。そして、人麻呂作歌のもっとも年代的に新しいものは、文武天皇四年（七〇〇）の「明日香皇女挽歌」（20）であり、歌集歌を含めても、大宝元年（七〇一）である。持統は、孫の文武に譲位の後、大宝二年に没した。これらから、人麻呂は、天武朝の後半ごろから作歌活動をはじめていたが、本格的な歌人としての活躍は、持統朝を中心とし、持統存命中にほぼ終息したものと考えられる。持統の吉野行幸や、軽皇子《かるのみこ》（後の文武）の安騎野《あきの》行きに従って作歌したり（03、05、06）、有力な皇族の死に際して挽歌《ばんか》を詠作しており（19、21など）、宮廷に関わる作品を多く残している。個人的な主題による作品とおぼしきものによれば、石見国の国司を勤め、現地の女性と夫婦になっていたようである（15）。さらには、その石見国の山中で、行き倒れて死去したらしい（27）。しかし、それら作品に描かれる人間模様と、人麻呂の伝記とは、ひとまず切り離して考えるのが、こんにちでは一般的な態度となっている。

略年譜

年号	西暦	人麻呂の事跡	歴史事跡
天武　元年	六七二		壬申の乱で大海人皇子勝利。翌年即位。
天武　九年	六八〇	『人麻呂歌集』掲載歌にこの年成立の作品あり（巻十・二〇三三）。	
天武十二年	六八三		軽皇子（文武）生。
朱鳥　元年	六八六		天武没、持統称制。
持統　三年	六八九	「草壁皇子挽歌」（19）成る。	草壁皇子没。
持統　四年	六九〇	このころ「吉野賛歌」（03）成るか。	持統即位。
持統　五年	六九一	「川島皇子葬歌」（巻二・一九四〜一九五）成る。	川島皇子没。
持統　六年	六九二	「留京三首」（04）成る。	伊勢行幸。
持統　七年	六九三	このころ「安騎野遊猟歌」（08・09）成るか。	

持統	八年	六九四		藤原京遷都。
持統	十年	六九六	「高市皇子挽歌」（21）成る。	高市皇子没。
文武	元年	六九七		持統譲位し、文武即位。
文武	四年	七〇〇	「明日香皇女挽歌」（20）成る。このころ「出雲娘子挽歌」（26）成るか。	明日香皇女没。僧道昭没、火葬される。
大宝	元年	七〇一	『人麻呂歌集』掲載歌にこの年成立の作品あり（巻二・一四六）。	大宝律令完成。紀伊行幸。
大宝	二年	七〇二		遣唐使出発。持統没。
慶雲	二年	七〇五	⇦この間に人麻呂没か。⇨	忍壁皇子没。
慶雲	四年	七〇七		文武没、元明即位。
和銅	三年	七一〇		平城京遷都。

解説　「和歌文学草創期の大成者　柿本人麻呂」──高松寿夫

はじめに

やまとことばによる定型詩が「和歌」であるが、この「和歌」が創り出されるのは、おおよそ七世紀前半のころであったかと思われる。和歌が神代の昔に由来するなかば自然発生的なものとする考えは、『古今和歌集』の序文以来繰り返し主張されるところであるが、実際はそうではなかろう。もちろん、音楽にのせて歌唱し、舞踊や演劇をもときにともなった韻文が、自然発生的に存在したことは否定しないが、五音と七音の繰り返しを基調とする定型詩は、新たな時代の宮廷にふさわしいことばの表現を模索するなかで、編み出されたものと考えるべきだろう。新たな時代とは、倭の王権が中国の王朝の制度を手本として、急速な近代化を本格的に意識したころのことをいう。倭は、朝鮮半島の諸王朝を経由して、古くから中国の王朝の情報を取得していたであろうが、みずから積極的に中国の王権と接触して、急速な近代化を遂げる意思を示すのは、聖徳太子が活躍した時代として知られる、推古《すいこ》天皇の時代のことであった。最古の和歌集である『万葉集』に照らしても、一部の伝承的作品を除いて、収録される作品は、ほぼ舒明天皇の時代以後に詠作されたものばかりである。舒明朝は推古朝の次の代で、西暦六二九～六四一年の期間であった。

人麻呂登場まで

舒明朝のころに和歌が作られはじめて以後、何人かの歌人の存在が確認できる。中皇命《なかつすめらみこと》・額田王《ぬかたのおおきみ》などが代表的なところである。『日本書紀』に名のみえる野中川原満《のなかかはらのみつ》や秦大蔵万里《はだのおおくらのまろ》らも、初期の歌人に数えられる。それまでは、いわゆる歌謡とか民謡と呼ぶべき、集団的な伝誦歌が中心であった時期なので、初期の和歌も、作者こそ個人の専門歌人であるが、うたわれる内容は、儀礼や宴席に集う集団が共有する感情をうたいあげるものが中心であった。やがて、漢詩文をとおしてであろう、個人の一回的な感情を作品にすることを知り、個人の事情に即した悲しみや喜びの和歌が作られてゆくようになる。しかし、和歌の歴史は、かならずしも順調に進みつづけたわけでもなかった。人麻呂が本格的に活躍を始める直前の天武朝は、壬申の乱に勝利した天武が、その強烈なカリスマ性によって諸政策を牽引した時期であった。『万葉集』によるに、天武朝の和歌をめぐる状況が、前代の天智朝にくらべて、いささか低調な印象を与えるのも、天智朝に対する反動としての意味合いが強いかと思われる。天智朝の歌人として活躍した額田王は、たしかに生存しているにもかかわらず、天武朝では一首も詠作していない。一方、文化政策面で天武朝は、各地の歌唱や芸能に秀でた者を宮廷に集め、伝統的な歌謡・舞踊に基づく宮廷芸能の再編を企図した。伝統的な芸能と対立的に考えられるほどに、和歌はまだ新生の形式であったのである。そのような状況のなかで、持統天皇の時代に至って、人麻呂は本格的に作歌活動を開始する。

人麻呂の時代＝持統朝

人麻呂の作歌活動は、一部、天武天皇の時代の作歌活動をうかがわせる記録も存するが、本格的な活動は持統朝に入ってからと思しい。以後、持統朝の十年間を中心に、文武朝にも活動は続くが、持統が崩御した大宝二年以後には、確実な人麻呂の作歌活動は見出せない。人麻呂の歌人人生は、持統朝とほとんど重なるように存在したといえる。では、持統朝とはどのような時代であったか。

天武朝は、いわば壬申の乱の「戦後」期として、乱の勝敗の構図の枠組みのなかで政権が運営された。天武の皇后として、天武の没後、称制《しょうせい》にあずかった持統は、天武との間にもうけた皇太子・草壁皇子が即位することなく逝去すると、正式に即位する。亡き天武の強力なカリスマ性による求心力を維持するためにも、天武政権の路線を継承するが、一方で、持統は天智の子でもあり、天武朝にはまだ若輩として充分な実力を発揮するにはいたっていなかった藤原不比等《ふじわらのふひと》――藤原氏は、壬申の乱の敗者側である――をも重用し、天武が残した浄御原令を施行し、本格的な法治国家の始動を模索する。「戦後」的枠組から挙国一致的な枠組下において、約百年前から本格化した近代化の総仕上げをはたそうとした時期が持統朝であった。

人麻呂の達成

人麻呂は、「吉野賛歌」（本書03）のなかで、現在の持統朝を「神の御代」といって賛美する。近代化の総仕上げを遂げようという絶頂期だからこその表現だといえよう。これが後代、奈良時代になると、同様な行幸を賛美する長歌においても、「神代」は過去の規範の時代として、仰ぎみられる対象となる。「吉野賛歌」では、国見という伝統的な儀礼を行う天皇の姿を捉えている。宮廷の様々な儀礼は、古くよりうたの場として重要であった。「吉野賛歌」の長歌も、伝統的な国見歌の発想や構成にならって詠作されていることが指摘されている。しかし、従来の儀礼歌が儀礼を行う者自身の立場から発せられていたものを、人麻呂は、儀礼を行う天皇を描写する視点から表現する。この視点の転換は画期的で、それまでの儀礼歌の主題は儀礼の成功を表明することにあったのを、儀礼を実施する天皇の偉大さそのものを主題化することを可能にした。いま眼前で行われている催事が、儀礼の直接の目的をこえて、いかなる意義を有するものなのかを主題化するのである。

　人麻呂の特徴ある作品群として、長歌による挽歌作品も挙げられる。それまでの人の死を悼む主題の和歌は、配偶者や近親者の立場から、故人の死を悲しむかたちで詠作されていた。しかし、人麻呂は「草壁皇子挽歌」（本書19）で、神話的な叙述を織り込みながら、政治的な期待度の高さの中での皇子の突然の死を強調することに主眼を置いて詠作する。個人的な悲しみの水準をこえた、政治的な水準で皇子の死を悲嘆するという、まったく新しい挽歌の創作を遂げている。そのような試みを実践するにあたっては、六世紀後半ごろから宮廷の喪葬儀礼で行われていたらしい、死者の生前の功績を述べて哀悼する「しのひごと」の発想を、長歌の叙述にとりこむ工夫をしている。さらに「しのひごと」の発想源には、中国の喪葬儀礼のなかで作られる誄《るい》が存在する。人麻呂は、『文選《もんぜん》』などに掲載される著名な誄や哀傷詩などの漢詩文からも、直接、創作の発想を得ているようである。また、時の話題や風俗をとりこんで作品化することにも巧みであった（本書15・25・26など参照）。

規範として仰がれる人麻呂

伝統的な歌謡、あるいは漢詩文の表現や発想をとりこみつつ、時代の求めに応じて新たな主題や表現方法を試みていた様子が、多くの人麻呂作品からうかがうことができる。人麻呂以後、奈良時代には、すでに人麻呂は規範として仰がれる存在になった。そのことは、奈良時代の作品に、人麻呂の作品の模倣とおぼしき作品や表現が、おびただしく存在することから明らかである。『万葉集』の最終的な編纂者《へんさん》にも目される大伴家持《おおとものやかもち》は、和歌を詠む営みを「山柿《さんし》の門」と呼ぶ。「山柿」とは人麻呂を指すもののようで、和歌の代名詞として人麻呂を讃仰する意識が表れている。舒明朝ごろのはじまりから約半世紀あまり、人麻呂が創り出した諸作品によって、和歌はひとつの頂点に達したのである。和歌史上において、人麻呂はそのような位置にある歌人なのである。

人麻呂を特別視することは平安時代以後にも続く。奈良時代の人麻呂讃仰が、人麻呂作品を実際に享受するなかでのものであったのに対し、平安時代のそれは、漢字だけで表記された『万葉集』の読解が困難であったこともあり、多分に伝説的な色彩を濃くする。本書でもとりあげた『古今集』や『大和物語』の人麻呂関連歌（40・41）は、こんにちの評価からすれば、きわめていかがわしいものである。しかし、近世の国学が実証的古典研究を打ち立てるまでは、それもまた広くゆきわたった人麻呂のイメージとして、定着していたものであった。そのことを無視して、千三百年持続した人麻呂享受の実態を把握することはできない。

『人麻呂歌集』

『万葉集』には、題詞で人麻呂作であることを明示した作品とは別に、『柿本朝臣人麻呂歌集』から収録したと断る作品が、短歌を中心に長歌・旋頭歌などを含め、都合三百首以上掲載される。『万葉集』の収録巻が、作者未詳のものを中心に収める巻に集中する傾向が顕著で、かつては『人麻呂歌集』を、人麻呂には関係のない後世の詠作の集成とする見方もあった。しかしこんにちでは、人麻呂が詠作したり収集したものを編纂したものと考える説が有力で、編纂者も人麻呂自身と考える傾向が強い。表記の点で特徴があり、その短歌については、付属語の類をほとんど表記しない「略体」(「詩体」とも)と、比較的丁寧に表記する「非略体」(「常体」とも)とに、明確に分かれる。それらを、自立語中心の表記から、次第に付属語表記を獲得してゆく、日本の表記史そのものに重ねて理解する見方もあったが、近年、出土例が増えつつある和歌が記された木簡などからは、むしろそのような見方に否定的な情報が多く発見されてきている。一般的な傾向としては、略体歌には恋愛情緒を主題とする相聞歌が多く、非略体歌には季節詠や自然詠が多い。

人麻呂以後の上代和歌

持統朝が、いまを「神代」と賛美する上昇期であったのに対し、次の文武朝以後では、律令をはじめとする近代的な制度が整い、できあがった体制のなかでの安定を志向する時代へと変化していった。すでに、眼前の催事の意義を改めて喧伝《けんでん》する必要は薄れていた。長歌が制作されることはまれになり、短歌主流の時代となる。宴席などに集った者が、そのときどきの互いに共感できる抒情や、周辺の景色の美しさを、銘々が短歌に詠むようなスタイルが主流になる。同じ美意識や価値観を共有していることを確認することは、同じ社会に生活する者同士としての仲間意識を確認したり高める効果がある。それは安定志向の社会にとって、非常に大切な和歌の機能でもあった。これは、以後の和歌の長い歴史の中でも継承される、重要な機能であり続けた。宴席や歌会での短歌において主流な話題として、四季折々の景物や周辺の景色への感動をうたうことが指摘できるが、実は、これらの主題をいち早くとりあげたものとして、『人麻呂歌集』の非略体歌を挙げることができる。人麻呂周辺での営みの蓄積が、以後の和歌のあり方の基盤を築いた面も、軽視できないであろう。

読書案内

『万葉集　全訳注原文付』（講談社文庫）全四冊　中西進　講談社　一九七八―一九八三
　文庫本ながら、漢字の原文も掲載する。脚注も比較的充実しており、初心者にお勧めのテキスト。別巻の『万葉集事典』も持っていると便利。

『新版　万葉集　現代語訳付き』（角川ソフィア文庫）全四冊　伊藤博　角川学芸出版　二〇〇九
　注は比較的簡略であるが、万葉研究界の第一人者であった伊藤氏の長年の研究成果のエッセンスがこもっている。かつて上下二冊であったものを現代語訳を付して四冊に。

『万葉集』（新編日本古典文学全集）全四冊　小島憲之ほか　小学館　一九九四―一九九六
　原文の訓読などになお問題点を残す『万葉集』であるが、現在のもっとも標準的な訓読として、研究書・論文の引用本文として利用されることが多い注釈書。

『万葉集』（ビギナーズ・クラシック日本の古典）　角川書店　二〇〇一
　有名な作品を取り上げ、初心者に分かりやすく解説してある。

『柿本人麻呂』（日本詩人選2）　中西進　筑摩書房　一九七〇

『謎の歌聖　柿本人麻呂』（日本の作家2）　橋本達雄　新典社　一九八四

『柿本人麻呂』（王朝の歌人1）　稲岡耕二　集英社　一九八五

右の三冊はいずれも、人麻呂の主な作品にふれながら、歌人・人麻呂とはいかなる存在であったかを、一般向けに分かりやすく説いている。著者はいずれも人麻呂研究の第一人者で、それぞれの人麻呂観がうかがえて興味深い。

『セミナー万葉の歌人と作品』第二巻・第三巻　坂本信幸・神野志隆光編　和泉書院　一九九九・二〇〇〇

『柿本人麻呂《全》』　橋本達雄編　笠間書院　二〇〇〇

右の二点は、いずれも人麻呂の主要作品をとりあげ、一線の研究者たちが研究史をふまえた論文を執筆している。人麻呂を専門的に考えようとする際の必携書。『セミナー』の方は論文目録も備わる。

◯

『人麻呂の作歌活動』　上野理　汲古書院　二〇〇〇

この読書案内には、「入手しやすく廉価な本」を基準に紹介する方針なのだが、ここであえて大部な研究書であるこの一冊をとりあげたい。上野氏は筆者の恩師で、筆者の人麻呂観形成に圧倒的な影響を与えている。本書の内容に、他書にはないなにか特異な面白さを感じてくださった方は、ぜひ一度この一冊を手にとってもらいたい。

【付録エッセイ】

詩と自然
——人麻呂ノート1（抄）

佐佐木幸綱

『佐佐木幸綱の世界 12』（河出書房新社、一九九九）

人麻呂は、古代的呪術の世界から覚醒していた歌人だ、と私は考えている。彼が醒めたその直接の理由は、このことの事実関係についての決定的な証拠はないが、彼が壬申の乱という古代最大の戦乱の戦中世代であったからだ、というのが私の推測するところである。彼がその生涯の大半を過した七世紀後半という時代は、天智、天武二人の天皇を中心にした新体制が強力な中央集権化を推進していった時代である。律令体制確立のために、政治面経済面での氏族社会の残滓を処理するに急な時代であった。旧制度から新制度への頭の切り換えが要求される。生きぬくためには現実を直視せねばならない。この現実直視の時代思潮が歌人人麻呂誕生の土壌であったと考えるべきだろう。

しかし、人間の心の問題はそう簡単には変れない。前代以来の呪術的世界の遥曳が色濃く尾をひいている。最後の古代英雄天武の後を継いだ女帝持統が、古代呪術の世界を積極的に生きることで英雄ではない彼女の権威を維持しようとしたという歴史的事実。これは、この時代に古代的呪術が人を納得させるに十分な普遍性と妥当性を未だ持っていたことを端的にあらわしている。人麻呂も、この点で時代社会から独立してあったわけではない。近代の研究者は人麻呂こそが古代呪術の世界に棲む歌人だとして捉えようとしたほどで、事実、彼のいわゆる宮廷讃歌、宮廷挽歌の類にその痕跡を認めることは容易である。しかし、歌人人麻呂の問題は、彼がいかに古代呪術の世界を生きたかの問題にはなく、いかにそれから醒めていたかの問題にある。呪術信仰から自由になることで人間の不幸と苦しみは増大し〈嘆き〉の質は飛躍的に深化する。人麻呂は、日本の詩人として最初にこの〈嘆き〉を嘆いた詩人だったのである。

人麻呂は持統後宮のおかかえの歌人（橋本達雄説）であり、歌俳優（伊藤博説）であったとする考え方が最近の研究者の間で有力な説となっている。彼はいわばプロの作家であって、恋や死を題材にした彼の制作になる歌語りは、その享受者である持統後宮の人々の感涙を絞った、という。彼の歌には大胆に虚構が採用されており享受者たちは虚構と知りつつその想像世界に共鳴した、というのだ。この説を認めるならば――私は大筋において賛成するが――、人麻呂とその享受者をつなぎ両者の間に響き合ったものは、人麻呂の歌にある呪術的世界から自由になったゆえの人間的な〈嘆き〉以外になかったろうと思うのだ。

たとえば、軽に棲んでいた妻が死んだとき、人麻呂が泣血哀慟して作ったとする歌の中に次の一首がある。

秋山の黄葉《もみぢ》を茂み迷《まど》ひぬる妹を求めむ山道《やまぢ》知らずも　（巻二・二〇八）

ここで人麻呂は妻の死を、秋山の黄葉があまり深いので彼女はどこかに迷ってしまってこの世に帰れなくなってしまった、と表現している。黄葉の黄と黄泉の黄がダヴル・イメージされているだろうこと、当時は屍を山に葬ったことがすでに指摘されており、それに関連する古代信仰が一首の背景にあることは否定できないだろう。だが、一首の焦点が合わせられている下句「妹を求めむ山道知らずも」は、古代信仰から醒めてしまった人間の〈嘆き〉の表現以外ではない。彼女を求めて行こうにも山道をどう辿ったらよいかわからない、という呆然自失の状態の描写の中に、愛した女性の死を人間の〈嘆き〉としてひき受けて生きて行かざるを得ない彼のこれからの時間が、空間的に描出されていることが見てとれる。人一人いない荒涼とした秋山の寂寥をこれからの彼は生きるのだ。

この人麻呂の醒めた在り方が対自然の歌においても表われているのである。古代信仰では、土地土地にそれぞれの国つ神がいて、土地が繁栄するのも衰微するのも、その神の在り方次第だと信じられていた。人麻呂よりやや新しい世代の歌人と考えられる高市黒人（古人）は、荒廃に帰した近江のかつての都を次のようにうたっている。

古《いにしへ》の人にわれあれやささなみの故《ふる》き京《みやこ》を見れば悲しき　（巻一・三二）
ささなみの国つ御神《みかみ》の心《うら》さびて荒れたる京見れば悲しも　（巻一・三三）

黒人がこのように俺は古い人間なのかと感傷し、あるいは国つ神の心が荒廃したので土地が荒れてしまったのだと嘆息した同じ場所で、人麻呂は自然の時間をうたう。

ささなみの志賀の辛崎幸《さき》くあれど大宮人の船待ちかねつ　（巻一・三〇）
ささなみの志賀の大わだ淀むとも昔の人にまたも逢はめやも　（巻一・三一）

湖水や岸辺はそのままだけども、人間の時間は過ぎてしまったという風に、過ぎてしまった人間の繁栄が国つ神の心の在り方の変化に基因すると信じられるなら、その悲しみはどんなにか救われるだろう。自分の未来も国つ神の心次第なら心が安まろうというものだ。だが、自然の時間は人間を容赦することはない。相手が自然では機嫌のとりようもないではないか。昔の人達がそうであったように自分も自然の時間を逃れられないだろうという醒めた人間の、生きることに対する〈嘆き〉が人麻呂の歌にはある。中国の詩の影響もあるだろうが、本質的に彼はそういう歌人だったのである。

（以下略）

高松寿夫（たかまつ・ひさお）
＊1966年長野県上田市生。
＊早稲田大学大学院中退。
＊現在　早稲田大学教授。博士（文学）（早稲田大学）。
＊主要編著
『古代和歌　万葉集入門』（トランスアート）
『上代和歌史の研究』（新典社）
『日本古代文学と白居易―王朝文学の生成と東アジア文化交流』（共編、勉誠出版）

柿本《かきのもとの》人《ひと》麻《ま》呂《ろ》　コレクション日本歌人選　001

2011年3月25日　初版第1刷発行
2016年1月5日　再版第1刷発行

著者　高松寿夫
監修　和歌文学会

装幀　芦澤泰偉
発行者　池田圭子
発行所　有限会社　笠間書院
東京都千代田区猿楽町2-2-3［〒101-0064］
NDC分類 911.08　電話　03-3295-1331　FAX 03-3294-0996

ISBN978-4-305-70601-0

印刷／製本：シナノ
乱丁・落丁本はお取り替えいたします。　（本文用紙：中性紙使用）
出版目録は上記住所または info@kasamashoin.co.jp まで。

コレクション日本歌人選　第Ⅰ期〜第Ⅲ期　全60冊完結！

第Ⅰ期　20冊　2011年（平23）2月配本開始

1	柿本人麻呂	かきのもとのひとまろ	高松寿夫
2	山上憶良	やまのうえのおくら	辰巳正明
3	小野小町	おののこまち	大塚英子
4	在原業平	ありわらのなりひら	中野方子
5	紀貫之	きのつらゆき	田中登
6	和泉式部	いずみしきぶ	高木和子
7	清少納言	せいしょうなごん	圷美奈子
8	源氏物語の和歌	げんじものがたりのわか	高野晴代
9	相模	さがみ	武田早苗
10	式子内親王	しょくしないしんのう（しきしないしんのう）	平井啓子
11	藤原定家	ふじわらていか（さだいえ）	村尾誠一
12	伏見院	ふしみいん	阿尾あすか
13	兼好法師	けんこうほうし	丸山陽子
14	戦国武将の歌		綿抜豊昭
15	良寛	りょうかん	佐々木隆
16	香川景樹	かがわかげき	岡本聡
17	北原白秋	きたはらはくしゅう	國生雅子
18	斎藤茂吉	さいとうもきち	小倉真理子
19	塚本邦雄	つかもとくにお	島内景二
20	辞世の歌		松村雄二

第Ⅱ期　20冊　2011年（平23）10月配本開始

21	額田王と初期万葉歌人	ぬかたのおおきみ しょきまんようかじん	梶川信行
22	東歌・防人歌	あずまうた さきもりうた	近藤信義
23	伊勢	いせ	中島輝賢
24	忠岑と躬恒	みぶのただみね おおしこうちのみつね	青木太朗
25	今様	いまよう	植木朝子
26	飛鳥井雅経と藤原秀能	まさつね ひでよし	稲葉美樹
27	藤原良経	ふじわらのよしつね（りょうけい）	小山順子
28	後鳥羽院	ごとばいん	吉野朋美
29	二条為氏と為世	にじょうためうじ ためよ	日比野浩信
30	永福門院	えいふくもんいん（ようふくもんいん）	小林守
31	頓阿	とんな（とんあ）	小林大輔
32	松永貞徳と烏丸光広	ていとく みつひろ	高梨素子
33	細川幽斎	ほそかわゆうさい	加藤弓枝
34	芭蕉	ばしょう	伊藤善隆
35	石川啄木	いしかわたくぼく	河野有時
36	正岡子規	まさおかしき	矢羽勝幸
37	漱石の俳句・漢詩		神山睦美
38	若山牧水	わかやまぼくすい	見尾久美恵
39	与謝野晶子	よさのあきこ	入江春行
40	寺山修司	てらやましゅうじ	葉名尻竜一

第Ⅲ期　20冊　2012年（平24）6月配本開始

41	大伴旅人	おおとものたびと	中嶋真也
42	大伴家持	おおとものやかもち	小野寛
43	菅原道真	すがわらのみちざね	佐藤信一
44	紫式部	むらさきしきぶ	植田恭代
45	能因	のういん	高重久美
46	源俊頼	みなもとのとしより（しゅんらい）	高野瀬恵子
47	源平の武将歌人		上宇都ゆりほ
48	西行	さいぎょう	橋本美香
49	鴨長明と寂蓮	ちょうめい じゃくれん	小林一彦
50	俊成卿女と宮内卿	しゅんぜいきょうじょ くないきょう	近藤香
51	源実朝	みなもとのさねとも	三木麻子
52	藤原為家	ふじわらためいえ	佐藤恒雄
53	京極為兼	きょうごくためかね	石澤一志
54	正徹と心敬	しょうてつ しんけい	伊藤伸江
55	三条西実隆	さんじょうにしさねたか	豊田恵子
56	おもろさうし		島村幸一
57	木下長嘯子	きのしたちょうしょうし	大内瑞恵
58	本居宣長	もとおりのりなが	山下久夫
59	僧侶の歌	そうりょのうた	小池一行
60	アイヌ神謡ユーカラ		篠原昌彦

『コレクション日本歌人選』編集委員（和歌文学会）
松村雄二（代表）・田中　登・稲田利徳・小池一行・長崎　健